浙江省作协创作体验生活项目
衢州市第六批文艺精品工程

刘家福传奇

周建新◎著

浙江工商大学出版社 杭州
ZHEJIANG GONGSHANG UNIVERBITY PRESS

图书在版编目(C|P)数据

刘家福传奇 / 周建新著. — 杭州 ：浙江工商大学
出版社，2019.12

ISBN 978-7-5178-3622-3

Ⅰ. ①刘… Ⅱ. ①周… Ⅲ. ①长篇历史小说－中国－
当代 Ⅳ. ①I247.5

中国版本图书馆 CIP 数据核字(2019)第 265580 号

刘家福传奇
LIUJIAFU CHUANQI

周建新　著

责任编辑	沈明珠
封面设计	杭州众书
责任印制	包建辉
出版发行	浙江工商大学出版社
	(杭州市教工路 198 号邮政编码 310012)
	(E-mail:zjgsupress@163.com)
	(网址:http://www.zIgsupress.com)
	电话:0571-88904980,88831806(传真)
排　版	杭州众书文化创意有限公司
印　刷	成都荆竹园印刷厂
开　本	880mm×1230mm　1/32
印　张	6.75
字　数	150 千
版印次	2019 年 12 月第 1 版 2019 年 12 月第 1 次印刷
书　号	ISBN 978-7-5178-3622-3
定　价	50.00 元

一

刘家福喜欢在通福路游荡。吸引他的是直通江山古城南大门的通福路。通福路,全城最大的街道,也最繁华热闹。繁华热闹的地方可看可听的事情特别多,当然他不只是个喜欢看热闹的俗人,他的肚里藏着好几个令人惊讶的心思:巴望那些黑心商贾的店铺倒闭老板病死,巴望那些欺压百姓的县衙门里的官爷被义军驱逐戕杀,巴望身怀绝技的自己有朝一日出人头地……

刘家福藏着这么多令人震惊的心思并非无缘无故,而是有渊源的。

刘家福十岁时,他的父亲刘献云被村里的财主陈善通杀害,他跟着母亲杨雪梅去县衙门告状,结果母子俩被县太爷轰出了衙门,于是他离开枣垅村。十岁之前的刘家福是井中之蛙,从未离开过那个叫枣垅的小山村,这时,井中之蛙一下子变成一条鱼游进了湖里——他第一次来到江山县城。他经历过的事很多,但唯独不能忘怀的是父亲的死,这也让他有足够的理由去恨有钱有权势之人。他练就了一身武功且藏绝技,不该寄人篱下讨生活……

这天上午,趁镖行没出镖,刘家福上街闲逛,大摇大摆地朝通福路中央走去,与出镖时一样威风。刘家福凭一身武功绝技在镖行谋了个镖差,威风是威风,但一趟镖出完兜里进不了几块银圆。所以他当保镖也是权宜之计。

街上的行人大多认得这个个头不高却身子壮实、功夫了得的保镖，纷纷让道，有的还和他打招呼，刘家福也微笑着挥手回礼。

刘家福虽样子威风凛凛，本质上却是行侠仗义之人，爱打抱不平，人缘不错，有的甚至去拍他的肩膀，然后指着空中的小鸟开玩笑说："小伙子，你能一镖打下它吗？"刘家福总是笑着回答："我与小鸟无怨无仇，为何要结果它的性命？"刘家福腰间藏着六枚镖，三十步之内，镖镖毙命；而且他的六枚镖飞出，能组成一朵梅花，故称为"梅花镖"。刘家福的"梅花镖"让人闻风丧胆，成了镖行的看家本领。

街上显得异常纷乱，尤其前面最繁华的十字街口，排起的长队有半里长，都是面黄肌瘦的饥民。他们手里拿着的都是用来装粮的布袋、围裙子、畚斗等物，正等着籴米。因江山连年干旱发生灾荒，尤其到了光绪廿六年，旱灾更甚，百姓饿得吃了上顿没下顿，乡下的饥民吃野菜甚至啃树皮，城里的百姓天天为籴米不得不去排长队。刘家福知道十字街口的万昌米行是江山最大的米行，这长队就是从万昌米行一路排过来的。刘家福问身旁排在末尾的一位老妇人："老奶奶，等您买到米，恐怕天也快黑了。"老妇人摇摇头答："真没法子啊，一家五张嘴等着米下锅呢。假如有米买，即使等到天黑我也不怕，只怕老板不卖呢……我都排了两个时辰了，却还是站在原地……是不是老板真的不卖了？"

听了老妇人的话，刘家福一下子义愤填膺了。虽刘家福没去过万昌米行籴过米，但早有耳闻江山最大的米行是万昌米行，江山最黑心的老板是何六师。万昌米行就是何六师所开。他的米行为何不卖米？这里面定有蹊跷。刘家福脚下生风，大步流星地朝万昌米行奔去。

尚未到万昌米行，就见万昌米行门前已乱成了一锅粥，挤挤挨挨的一大堆饥民大声地吵闹，饥民们责问米行店小二："为何有米不卖？"

店小二答："卖完了。"

一个手里捏着空米袋的瘦高个男子不信："轮到我籴就没米啦，有那么凑巧？"

一个歪头汉子立马接上话："才籴出几个人呀？鬼才信！分明是囤着想涨价。"

一个矮壮的青年手里拎着半袋米匆匆返回，歪头汉子问他："人家挤这里是买米，你拎米来是做啥？"

矮壮的青年气咻咻地说："这米行老板的心黑炭似的，籴半斗米才三升，这还不算，竟然往米里掺砂子，砂子能吃吗？"

矮壮的青年翻开袋口让人瞧："你们看看，你们看看，这是卖米还是卖砂子？"

几颗脑袋凑到米袋口，看过之后，本来个个肚里都憋着一股子气，又突然生出这两码事来，分明是往饥民的肚里又灌进一股子气；或说饥民们头上本冒着火苗儿，眼下又火上浇了一勺子油。人们的情绪失控了，边嚷嚷着边使劲往米行门口挤去，目的只是讨个说法。虽说刘家福不是来籴米的，但听了这番对话，又看到来籴米的百姓群情激愤的场面，行侠仗义的秉性一下子被激发出来。而且现在的刘家福不光行侠仗义了，他的野心大着哩。他崇拜的人，远的说有秦末时期的农民起义领袖陈胜、吴广，近的有太平天国起义领袖洪秀全、石达开，义和团运动的头儿朱红灯，等等，觉得这些能改天换地的英雄太了不起了，这些英雄深深地刻在他的脑海里，常常让他热血沸腾，还让他揣上了一颗可怕的野心，憋了一股子巨大的野劲。他马上热血沸腾起来，打定了主意，利用此机会狠狠治治黑心的万昌米行老板何六师！他三步并作两步挤上去，踮起脚尖看究竟，却因个矮人挤，米行里的情况啥也看不到。万昌米行对面是一个肉铺，这年头人都喂不饱哪有粮食喂猪呀，肉铺已好几天没肉卖了，铺门前的一张肉案桌早已没了肉味，连野狗经过也懒得逗留。刘家福见着它眼睛一亮，纵身一跃便稳稳地站到肉案桌上，居高临下，对面万昌米行的情况看得一清二楚。越过挤挤挨挨黑压压的人群，米行内虽光线暗淡，但能看见店小二身后几只大米桶里堆尖的大米。刘家福大声喝道："狗东西，明明店堂里囤着那么多米，却称没米，安的是啥心？"

刘家福这一声大喝，立马吸引了众人目光，只见他双手叉腰，威风凛凛地站在肉案桌上。

瘦高个子问他："是真的吗？"

刘家福说："你上来看看就晓得了。"

瘦高个子也爬上肉案桌，果见米行的店堂里堆着许多白花花的大米，告诉众人："里面的米堆成小山似的。"

籴米者得知了真相，愤怒地往米行店门涌去，仿佛就要冲进店堂，阻隔籴米者的柜子已歪斜移位。正在账房里看账的何六师异常恐慌，急步来到店堂，一边命令店小二："快上门板！"一边差人去喊家丁。

两个家丁跑来，凶神恶煞似的将手里的长矛对准店外洪水般的饥民。何六师气势汹汹地吼道："你们想造反？没米了，不籴了！"他指着门外的饥民们威胁道："谁再往里挤，就让长矛招呼他！"

饥民们被吓住了，立刻安静下来，停止了挤拥。

这一幕，站在肉案桌上的刘家福全看在眼里。他终于等到了火候，像个指挥千军万马的将军，大喊："何六师欺人太甚，是该造他的反啦。大家手里都有装米的家伙，快抢啊！"

可百姓怕何六师，怕何六师的两个家丁和他们手里的长矛，谁都不敢再往前一步，愣在那里。

高高地站在肉案桌上的刘家福挥舞着双手，继续怂恿着："你们这么多人，还怕对付不了两个家丁？去抢呀，不抢白不抢！"

何六师指着刘家福破口大骂："你这个穷小子，竟敢哄人抢我的米，还有王法吗？"

刘家福针尖对麦芒，毫不示弱地指着何六师诘问："难道你往米里掺砂子，且囤积居奇，有米不粜，把人饿死，就有王法了？"

刘家福拍着胸脯给饥民们壮胆："你们别怕，尽管去抢，坐牢杀头有我刘家福抵挡！"

说时迟那时快，刘家福迅速从腰间拔出两枚飞镖，"霍、霍"两声，何六师的两个家丁"哎哟"地惨叫一声，手中的长矛便落了，双双捂住自己的手腕疼得直喊娘，两人的手腕上各长着一枚系着红绸的飞镖。见何六师两个家丁被制服，饥民们像决堤的水涌进了万昌米行的店堂，他们手中的家伙都派上了用场，争先恐后地把大桶里的米往布袋里装，用畚斗畚，用围裙包，有的嫌装得不够多，竟脱下衣服，把衣服当围裙去包米……

眼睁睁地看着自己的大米被饥民哄抢，场面混乱不堪，何六师拼命地拉扯着抢米者妄想阻止，却被人推来推去，幸亏前来救驾的家丁扶住了他。何六师气得脸色发青，连话也说不囫囵了："快……去衙门报……报官！"

刘家福跳下肉案桌，一个箭步冲到万昌米行门口，跃身摘下门顶上的"万昌米行"牌匾，摔在地上，再用脚踩成三截。这下戳到了何六师的心了，何六师气不过，两眼一黑晕了过去。

望着穷人们欢天喜地地或拎着沉沉的袋子或端着满畚斗的大米从万昌米行出来，刘家福得意地笑了，因为是他灭了何六师的威风，在鼓动下，穷人们才有这意外收获，自己无疑是强行"开仓济民"了。他觉得今天自己干了件惊天动地的大事，此时他埋藏着的野心像一粒种子，在一场春天的雷雨后破土而出，并迅速生长蔓延开来。他再次跃上肉案桌，大肆鼓动："穷兄弟们，今日大家把何六师的米行抢了，而我还伤了他的两个家丁，砸了他的店牌，何六师定要告官。我刘家福一不做二不休，索性反了！有种的，跟我一起干吧！"

抢到米本想回家的饥民们迅速向刘家福围过来，他们知道刘家福的厉害，厉害的不光是他的飞镖制服了何六师的两个家丁，而是他有将军一样的胆魄和豪气，试想，除了刘家福，谁敢和号称"江山一霸"的何六师作对？刚刚指挥饥民们抢了何六师米行，刘家福又号召大家跟他一起造反，抢到救命粮的饥民们兴奋不已，他们以感激的目光和笑脸迎着他。虽然饥民们对刘家福敬佩有加，但因为怕官府问罪，怕连累家人，所以响应者寥寥。

那个曾责问万昌米行店小二"轮到我爹就没米啦，有那么凑巧"的瘦高个喊了一嗓子：

"家福兄弟，等我把米拿回家，回头就跟你干！"

刘家福心头一喜："好啊，你叫啥？"

瘦高个答："我叫徐培扬。"

刘家福嘱咐："徐培扬，你赶紧去吧，我在大南门等你。"

"好咧！"徐培扬肩上扛着一大袋米飞奔而去。

那个已买到半袋米，因为缺斤少两且米中掺了砂子返回讨公道的矮壮青年也回应了："家福哥，我叫周东华，也愿意跟你干！我把米拎回去就来找你。"

还有一个歪头，刘家福见过一面，答得嘎嘣脆："家福兄弟，我大名毛耀明，别人都叫我毛歪头。我毛歪头一人不吃全家挨饿，我不用回家，这就跟你走！"

刘家福见他手里拎着一袋米，问："这米咋办？"

毛歪头答："正好，咱们路上可以做饭吃。"

刘家福拍拍他的肩："爽快！时间紧迫，快走！"

众人迅速让出一条道，刘家福大步向前，毛歪头拎着一袋米跟了上去。

二

大南门外一派凄凉景象：一棵老乌桕树上栖着几只乌鸦，乌鸦"呱呱"地哀叫着。密密麻麻的人群聚集着，都是些身穿破衣服手拿破饭碗的叫花子，守城门的兵丁不许叫花子进城，他们手握长矛，不时地驱逐想进城的叫花子。偶尔见有黄包车、轿子或马车进出城门，叫花子知道这些车上坐着的是有钱人，只要这些车子稍作逗留，他们就会围上去讨几个铜钱。像怕沾上晦气，黄包车、轿子或马车快到城门时，车上或轿上的人总会催促车夫或轿夫快走。刘家福和毛歪头站在城门口的城墙根下，焦急地等待相约的两人。

突然，城内传出几声喊叫："站住！快拦住他们！"

刘家福循声望去，只见前面两个人在拼命地朝大南门奔跑，后面几个手持长矛的兵丁在追逐；街上的百姓纷纷往街道两旁躲闪。毛歪头一眼就认出来了，被官兵追的两人，正是与他们约好在大南门会合的高个子徐培扬和矮壮青年周东华。守门的两个兵丁听见追来的官兵的喊叫，迅速去堵大门拦截，徐培扬、周东华被挡在大门口，前有堵兵后有追兵，眼看兄弟俩无路可逃，即将束手被擒，在这危急关头，似刮起一阵劲风，刘家福疾步冲过去，飞起一脚将一个兵丁踢了个猪啃泥，又朝另一兵丁头部猛击一重拳，兵丁"哎哟"一声瘫倒在地。刘家福催促："快跑！"两人这才回过神来，撒腿朝城门外飞奔。后面传来官兵的喝令："站住！"

刘家福带着兄弟三个逃出大南门，手里拎着沉沉的一袋米的毛歪头气喘吁吁地落在后面，刘家福提醒他："快扔掉米袋，逃命要紧！"毛歪头不舍得扔，仍拎着米袋艰难地跑，刘家福返身夺下他的米袋，丢到地上，大喊："穷兄弟们，这袋米你们分吧。"

话音未落，叫花子们一窝蜂似的拥上来，眨眼工夫就里三层外三层把那袋米抢光了。这情景刘家福他们没有看到，他们把几个追兵远远地甩在后面。

他们一口气跑到七里桥，见后面的追兵已被甩掉，才放缓脚步。刘家福这才问徐培扬、周东华两人，为何被官兵追。徐培扬说："因为我和东华说过要跟你一起干，哪知这话传到了何六师耳里，何六师差人去官府告官，说是你唆使饥民哄抢万昌米行，我和东华是你的同伙。知县便下令缉拿我俩，幸亏我俩先走了一步，他们去我们家扑了空，便追了上来，又幸亏被你救了。"

刘家福说："哦，原来这样。是我连累了你们啊。"

刘家福又问："你们后悔吗？"

徐培扬答："我不后悔，只怕是连累了家人。但事到如今，只能听天由命了。"

周东华说："我和培扬哥一样，只是对不住家人，不知官府会怎么对待他们。"

毛歪头倒摆出一副幸灾乐祸的模样："我无亲一身轻，说走就走，用不着惦挂家人。"

刘家福恨恨地："这世道，官商勾结，欺压百姓，哪有我们穷人的活路！与其饿死，不如起来造反！从今开始，我们就跟官老爷们对着干！"

毛歪头拳头一挥："好，我跟你干！只要你一声令下，冲在最前头的，是我毛歪头！"

毛歪头问徐培扬、周东华："两个兄弟，你们可愿意？"

徐培扬认真地说："当然愿意！我连家都不要了，豁出去了！"

周东华居然不知天高地厚地嚷嚷："家福哥做陈胜，我就是吴广；家福哥当洪秀全，我做石达开！"

毛歪头不客气地给周东华当胸擂了拳："你小子野心不小哇，竟然想当王。"

周东华讪笑着："不就是个比喻嘛，哪能当真？意思就一个——家福哥我跟定了！"

周东华不知天高地厚的话倒得到了刘家福的赞许："对，东华有志气！"

刘家福又说："虽然我们当不了陈胜、吴广和洪秀全、石达开，但我们至少要在江山搞个天翻地覆，为穷人们寻条活路。"

接着又说："可话又说回来，这可是要杀头的，如果谁害怕了，就请回吧。"

周东华拍拍胸脯："脑袋掉了碗大的疤，有啥可怕的？"

毛歪头歪着脑袋："谁怕谁就是怂包蛋！"

徐培扬也不甘示弱："男子汉大丈夫，如果现在叫我去和官兵拼命，绝不含糊！"

这帮兄弟的表态让刘家福非常满意，他要的就是这样的兄弟。

刘家福催促道："抓紧赶路，说不定官兵很快就追上来了。"

周东华问："家福哥，我们去哪儿？"

刘家福："清湖。那里有几个黑心的老财主，也该去收拾收拾了。"

说话间，果然一队人马从后面追了过来，领头的大喊大叫："站住！"

刘家福嘱咐："快分开，往甘蔗地跑。"

成片成片的甘蔗像森林一样，刘家福和三个兄弟钻进了甘蔗林，转眼没了人影。茂密的甘蔗林人可以钻进去，但骑着马就无法进去了，追到甘蔗林的官兵只好下马，分头去追。

刘家福发觉追着自己的只有一个兵丁，便无所畏惧了，他收住脚步，站在垄沟上瞪着手握长矛的兵。

刘家福大喝一声："你若敢近前，老子叫你趴地上！"

这个兵丁果然被吓住了，他站在那儿不敢近前，可奇怪的是，他放下手中的长矛，给刘家福打手势，意思叫刘家福快走。刘家福马上认出这个兵丁，原来是兄弟魏旭华。

提起魏旭华兄弟，里面就有故事了。

两年前，凭一身非凡武艺的刘家福来城里耍，说耍其实就是卖艺，耍过后讨几个铜钱糊口而已。不承想，遇上了县衙门的四老爷。刘家福与四老爷的缘分可不浅，里面又有许多故事，这里暂且不提。光说四老爷非常赏识刘家福的武艺，四老爷又管招募兵丁的事，便将刘家福招进县衙门当兵丁。可进了衙门才知道，衙门的兵丁实际上就是为虎作伥的工具，刘家福极不情愿，但又不敢公开与官府作对，只好采取消极怠工的办法应对。一次因暗中保护一个好兄弟吴嘉猷，捉拿时提前通风报信让其逃跑，刘家福被官府除名。刘家福为人正直仗义，与衙门另一同样正直仗义的兵丁魏旭华相交甚笃；刘家福一身武艺又让魏旭华敬重三分。哪想到这对好兄弟会在甘蔗林相遇，一个是唆使饥民哄抢万昌米行的主犯，一个是前来捉拿罪犯的官兵，但两人毕竟还是好兄弟，魏旭华认出自己捉拿的正是好兄弟刘家福，就决定放他一马。其实魏旭华心里清楚，真要与刘家福动起手来，恐怕他五个魏旭华也不是他的对手。刘家福心里也这么想，假如魏旭华不给面子的话，那他就死定了。见魏旭华示意他快逃，心里豁然明白，魏旭华还是以前的好兄弟，心里涌起一股暖流，抱拳致谢："兄弟，后会有期！"转眼便无影无踪。

　　刘家福自己摆脱了险境，却为三个兄弟担忧起来，但因官兵人多势众，不敢贸然出手与他们相拼，只得寻谋计策。忽然传来一声马嘶，刘家福想到了官兵骑的马匹，心中一喜，便借甘蔗林作掩护悄悄返回，潜至官兵下马处，只见十几匹马正聚在一起啃吃甘蔗，旁边空无一人。他取出腰间一枚飞镖，直刺马屁股。一马一刺，一连刺了数匹马，马群不堪忍受剧痛，跃上甘蔗林，惨叫着，不顾一切地撒开四蹄到处乱窜。听见自己的马匹受惊逃跑，正在甘蔗林追捕的官兵一时慌了神：逃犯没逮到，只会被训斥；倘若自己骑的马跑丢了，可就吃不了兜着走，绝对会受严厉的处罚。一般南方的县衙门本不给兵丁配马匹的，但因江山地处浙闽赣三省交界处，属边城重镇，是容易出乱子的地方，朝廷就不小觑了，特地下拨银两给江山，用以购买战马、训练骑兵。战马命比人贵，只有执行紧急要务时才能动用。这下可好，命比人贵的战马跑了，还去追啥人？十几个官兵放弃追人改追战马，纷纷掉头钻出甘蔗林去追马了。见此招奏效，刘家福欣喜不已，吹口哨叫同伴，三个兄弟迅速向他汇聚，然后一起逃跑，遁入甘蔗林附近的村庄。

等十几个官兵追上马，发现每匹马的屁股上都被扎了个窟窿，殷红的血正汩汩地从那窟窿里涌出来，领头的赶紧下令包扎止血，但屁股怎么包扎止血呢？连领头的也拿不出主意，急得只好用手去按住马屁股上的伤口，痛上加痛，被牵住的马挣扎着要跑，官兵们叫苦连天……

刘家福和三个兄弟穿过村庄，来到清湖溪边，溪边上长着许多柳树、枫杨树，他们躲在树丛中，以逃避官兵追捕。

刘家福问："你们知道官兵为啥不追，撤了？"

徐培扬答："好像他们的马跑了，他们只好去追马了。"

刘家福又问："那马为啥跑了？"

他们都摇头，毛歪头说："兴许马绳没系牢吧？"

刘家福说："马就在甘蔗林边，马爱吃甘蔗，没系牢也不会跑吧。"

周东华问："那为啥？"

刘家福从腰间拔出飞镖，晃了两下，得意地说："它能告诉你们为啥。"

毛歪头反应快悟性高："我明白了，原来你用飞镖扎了它们的马……"

刘家福点点头："还是歪头聪明。"

毛歪头摇摇歪头："我哪能跟家福兄弟你比呀。"

周东华崇拜地说："家福哥既会武功又会想办法，有勇有谋。"徐培扬也恭维道："今后家福就是我们的头儿，他咋说我们就咋干！"

刘家福立马兴奋起来："好！现在我们在城里搞掉了何六师的万昌米行，清湖镇老七米行的张老七也不是善类，明天发动饥民抢老七米行！"

周东华大喊："好啊！清湖的穷人这下有米饭吃了。"

他们等到天黑，估计官兵不会追了，便摸黑向清湖镇走去。

清湖镇因有码头而繁华热闹，其繁华热闹的程度不亚于县城。清朝末期，清湖镇南来北往的商贾云集，店铺林立，舟楫塞港，街道行人摩肩接踵。到了夜晚，街上的灯光与江上的灯火交相辉映，街上的旅馆、茶馆、赌馆、妓院门庭若市，喧哗声不断；江上的彩船里，船娘的浪笑声、寻欢者的淫笑声，还有艺人的箫声、歌声相互交织，呈现出古码头的风花雪月。这些美景良宵，刘家福这帮兄弟没有心思去欣赏和享受，他们是被官府通缉的要犯，如今跑至清湖，只是暂避风头而已。由于一路上只顾逃命躲避，虽在饿极时曾顺手拔了个萝卜填肚充饥，但许多个时辰后早已消化殆尽，现在他们个个都饿得前胸贴后背了，最要紧的是去弄点饭菜喂肚子。清湖镇也驻扎不少官兵，想必他们已得到通缉令，严阵以待，一旦刘家福一行被人发现报了官，清湖的官兵就立即来捉拿，所以他们不敢抛头露面直接进饭馆。刘家福想起了开饭店的老三哥。提起这开饭店的老三哥，刘家福还有恩于他呢。

老三哥的大名刘家福不知道，只知道老三哥是个好人，好人容易被人欺负。一年前，刘家福出镖返回路过清湖时，和几个镖兄弟在老三哥饭店里吃饭，正巧碰上了一个恶少，此恶少凭自己有几下功夫就到处强吃强要。这天恶少呼朋唤友来老三哥饭店吃完一大桌菜，竟不付一文剔着牙扬长而去，老三哥拦住他讨饭钱，恶少扬手就是一耳光，扇得老三哥嘴鼻出血。恶少恶狠狠地指着老三哥骂道："老东西，老子到你店里吃饭是看得起你，敢跟老子要钱？找死！"刘家福见此恶少如此张狂，得教训一下，灭灭他的威风。刘家福横在恶少面前，义正辞严地说："饭店不是你家，吃饭付钱天经地义，你凭啥不付银两还打人？真是欺人太甚！你今天必须付清饭钱，并向掌柜赔礼道歉！"恶少哪把刘家福放在眼里，咄咄逼人地指着刘家福的鼻子讥笑道："哟，哪里冒出一个野汉子，竟敢狗拿耗子，与老子作对？"恶少向几个随从一挥手："上！让他见识见识老子的厉害。"几个随从还没动手，刘家福便像拎条狗似的拎起恶少扔到一丈远的门外，然后左右开弓拳脚并用，将几个随从个个打倒趴在地上，恶少和几个随从在地上打滚叫娘。刘家福走到恶少身旁，命令他："起来！把饭钱付了！"恶少马上老实起来，边呻吟边挣扎着说："好，我起来，我付饭钱。"恶少爬起来后付了饭钱，并向老三哥赔礼道歉。刘家福警告他："假如今后你再敢横行霸道欺压百姓，我就废掉你的狗腿，听清楚了吗？"恶少连连点头："听清楚了……"恶少和几个随从相互搀扶着狼狈地走了。替老三哥出了这口恶气，老三哥感激不尽，从此便记下了这位行侠仗义的好汉大名。

刘家福带着三个兄弟悄悄地来到"老三哥饭店"门口，刘家福叫开了门，老三哥认出敲门的正是自己的恩人刘家福，赶紧把他们让进屋，迅速关上门。他惊喜中夹杂着担忧，问道："你们饭还没吃吧？我这就叫人去厨房。"刘家福点点头，老三哥兴奋地朝二楼楼梯口喊："筱妹，稀客来了，快下厨房。"

楼上应了一声，片刻后便下楼了。

刘家福落座后，悄声地说："三哥叔，今晚我们吃了您的饭，还想在您这儿住一夜，没床打地铺也行，不知可愿意？"

老三哥连连答应："愿意愿意。哪有不给恩人住宿之理？"

接着老三哥给刘家福竖起了大拇指："你真了不起，干了件惊天动地的大事。"

刘家福问："您听说了？"

老三哥点点头："嗯，你的通缉令都贴到码头上了，全清湖镇的人都知道，城里的万昌米行被抢了，是你起的头。也许清湖的官府已有防范，明早你们赶快离开，别让官兵发觉。"

周东华插话："我们要在清湖干一件惊天动地的大事才走。"

老三哥惊讶地说："这使不得，你们已是官府的通缉之人，他们到处在抓你们，你们再一闹，恐怕逃也来不及了。"

刘家福神秘地笑道："三哥叔，您不用担心，明日我们干完立马走人，官兵抓不到我们。"

老三哥知道拦不住刘家福，便换了话题："你们打算干哪一家？"

周东华又插话："老七米行！"

老三哥笑了："好啊，老七米行是张老七所开，这张老七心比炭还黑，我去老七米行籴米，斤两只有七成，这还不算，米里还掺发霉的米甚至砂子……镇上的人无人不恨他。"

毛歪头提前幸灾乐祸了："张老七，你作恶多端，今晚让你好好睡一宿，明日你就要哭爹喊娘了，哈哈哈。"

徐培扬急忙用手指竖在嘴前："嘘，别大声嚷嚷，隔墙有耳。"

这时，老板娘筱妹已端上了菜："饿坏了吧，赶紧吃吧。"

老三哥从柜子取来一罐米酒，给他们每人筛了一碗，四人便不客气地吃起来。

三

因生活所迫，天刚蒙蒙亮，清湖最大的米行老七米行尚未开门，籴米的人们就早早地来排队了。长长的队伍中，有四个不是本地人，身旁的本地人用奇怪的眼光去看他们，他们笑而不语，显得有点神秘。但队伍中大多是饥民，自己的肚子都空了，哪还有兴趣去管他人闲事？这四个人便是刘家福和他的三个兄弟。他们打扮成籴米者，手里各拿着盛米的布袋、畚斗等物，排在队伍中间。因米行尚未开粜，籴米者在交头接耳地闲聊议论着。有的担心今天又提米价，有的担心卖到一半突然关门不粜了，有的在轻声地数落张老七的不仁不义，有的悄声诅咒张老七不得好死。挨着徐培扬的一个小伙子就无所顾忌了，他的声音洪亮，他居然敢把清湖的张老七与县城里的何六师相提并论，他说县城里的何六师万昌米行被抢了，清湖张老七的老七米行也该抢了，他还说若刘家福来清湖带个头，他就会冲上去，把老七米行翻个底朝天。徐培扬回头与身后的刘家福相视而笑。刘家福与徐培扬换了个位置，刘家福便挨着小伙子了。刘家福悄声问小伙子："你叫啥？"

小伙子警觉地盯着身后的刘家福，反问道："你不会是来暗访的官府里的人吧？"

刘家福笑道："你看我像吗？"又说："我佩服你的胆量，有点血性，想和你交个朋友，如何？"

小伙子见刘家福并无恶意，便自报姓名："我叫周宗义，平时我说话的声音大，别人叫我周老虎。"

刘家福说："周老虎，这名字虎虎生气。"

周老虎反问："你叫啥？你好像不是本地人，怎么也来这里籴米？"

刘家福神秘地说："你刚才说谁来清湖带个头你就冲上去抢老七米行？"

周老虎答："刘家福！"

刘家福示意他把耳朵凑过来。周老虎凑上耳朵，刘家福低声嘀咕："刘家福就在这队伍里，等下刘家福带头抢米行，你真敢冲上去？"

周老虎疑惑地盯着他："你咋知道刘家福就在队伍里？莫非你就是……"

刘家福微笑着点点头："明白就好。"

周老虎兴奋地表示："只要你敢第一个冲上去抢，我保证第二个冲上去。"

刘家福说："不能蛮干，要见机行事。"

刘家福附着他的耳朵嘀咕了几句。周老虎点点头："知道了。"

老七米行开粜了，队伍的前面马上骚动起来。这时，刘家福给周东华使了个眼色，周东华便上前与周老虎你一句我一句地争执起来，两人还动手相互推搡，边吵边往米行门口靠近，刘家福和另两个兄弟也跟了过去。这时，外面的吵闹声惊动了张老七，张老七从床上爬起来，披上虎皮大衣匆匆走出来，大声呵斥："哪个吃了豹子胆了？敢在老子门口撒野！"

张老七又下令家丁将吵闹者轰走。两个家丁拿着棍棒冲出来就往周老虎和周东华身上猛击。见火候已到，刘家福随手抢过其中一个家丁的棍棒，往两个家丁身上轻轻一点。两个家丁毫无防范，被点中穴位，当即像烂泥瘫软在地上。张老七吓得嘴唇哆嗦，指着刘家福责问："你是何人？竟敢对我家丁动手。来人啊，赶紧报官！"

刘家福站到一块石头上，高声道："我就是刘家福，昨天我在县城造反，领着大家抢了万昌米行，因为万昌米行的老板何六师是黑心老板，他囤积居奇，哄抬米价，而且大斗进小斗出，还往米里掺砂子，不顾老百姓死活，我问大家，老七米行的老板张老七有没有这么做？"

一听此人便是大名鼎鼎的造反好汉刘家福，就有人壮起胆子大声应和："有！我们清湖张老七的心和城里的何六师一样黑！"

刘家福接上话茬："兄弟们，我们都是快饿死的穷人，但我们是男子汉大丈夫，不能再像个软蛋任人捏了，去抢吧，要坐牢杀头，我去！"

刘家福一挥手，三个兄弟冲上去将米行的柜台推倒，卸掉所有门板，刘家福一跃而起摘下老七米行牌匾，抬腿一折两断，然后冲进米行用畚斗畚起米桶里的大米，叫籴米者快拿布袋来装。张老七像疯狗似的扑上来阻止，被刘家福一脚踹倒在地上。这时，刘家福朝门外大喊："你们愣着干啥？快抢呀！"

周老虎大喊一声："不抢饿死活该！"便冲进了米行抢米。

刚才刘家福叫大伙抢米，门外的饥民们还有点犹豫，可眼下冲进去抢的是本地人周老虎，饥民们转眼便成了泼了油的干柴，遇上火苗"轰"地被点燃，随即熊熊燃烧并蔓延开来，势不可挡地疯抢起来，街上没籴米的饥民们，也趁机涌向米行……混乱之际，刘家福和三个兄弟迅速逃离现场，等官兵赶到，刘家福早已逃之夭夭。

一连煽动饥民抢了两大财主恶霸的米行，就不是简单的刁民抢劫事件了，而是有人蓄意谋反，几十年前有太平天国运动，现在又有北方义和团与朝廷作对，江山知县周绪一惊恐不已，下令全力缉拿刘家福。刘家福不敢走官路，只得抄小路，而且昼伏夜行。刘家福盘算好了，南面是浙闽交界处，过去就是福建浦城，又是大山区，是避难的理想场所。进入保安乡的山区后，就无所顾忌了，刘家福领着兄弟三人翻山越岭日夜兼程，一路向南。

官道上有四道重关，都有重兵把守，刘家福带着三个兄弟绕开关卡，跋山涉水。四人中其他三人没什么，只是毛歪头穿梭于山林溪沟间要歪着头，这与平时走路歪着头完全不同，平时走路是习惯了和正常人一样，可歪着头从森林溪沟中行走就不容易了。他在过一条山溪时，因石头滑摔了一跤，他的左手好像断了，疼得额上都冒出汗了。可刘家福拉着他的左手，一转一拉，只听"咔"的一声，毛歪头感觉左手又不断了，还"嘿嘿"地笑。刘家福这一转一拉就治好了毛歪头的伤，让兄弟们惊奇佩服，皆称太神了。周东华问他是不是用了气功把毛歪头的骨头接上了。刘家福说毛歪头的手骨头本来就没断，只是脱臼而已，我现在让它复位了。他们问他是从哪儿学的这本事，刘家福便谈起了他拜师学武学医的经历。也许为了缓解一下疲惫和紧张的神经，刘家福一路边走边讲，足足讲了小半天。

闯过几重关隘，几经辗转，最后刘家福的脚步停留在离浙闽交界处三十里外的浦城县九牧镇。九牧不是江山地盘，江山官府管不着，相对比较安全。更重要的是，九牧还是个非常特殊的山区小镇，正中刘家福的下怀，以前他和义兄吴嘉猷去浦城拜师学艺，多次路过此地。先从地理位置来看，九牧镇四面环山，中间一条官道，向南经仙阳重镇可抵达浦城，向北出仙霞岭可到江山，地方虽小，却是浙闽之间交通要冲。贯穿小镇的这条官道极不寻常，得多唠叨几句。闻名于世的仙霞古道便是这条官道，又称江浦驿道，北起浙江江山，南至福建浦城，是京（城）福（州）驿道极其重要的一段，史称"浙闽咽喉""东南锁钥"。该官道始建于唐朝，由黄巢起义军所开辟，是汉唐以来兵家必争之地，又是海上丝绸之路上一条重要的陆上运输线。《江山市志》记载："凡浙入闽者，由清湖舍舟登陆以达闽海。"当时江浙闽赣皖盛产丝绸、瓷器、茶叶等物资，通过船只，这些物资由钱塘江逆流而上，至江山清湖码头，再由挑夫经仙霞古道运往福建浦城，然后从浦城码头运往福州、泉州等港口，并通过海上丝绸之路出口国外。挑夫队伍庞大，每天达数千人之多，长达二百四十里的整条仙霞古道上，挑夫络绎不绝，宛如一条难见首尾的长蛇，形成了蔚为壮观的挑夫大军。不过，古道上官员客商往来也非常频繁，这倒让刘家福有点提防了，不怕一万，只怕万一，一旦走漏风声就会招来麻烦，甚至杀身之祸。但他还是把它视作一块宝地，就在这里落脚。

对刘家福的这番盘算，三个兄弟非常赞同。可他们只能看到刘家福表面上的盘算，刘家福肚子里的盘算就不得而知了。刘家福表面上是为了躲避江山官府的缉捕，而他肚子里的盘算就有深意了。正如刘家福已经说出口的："一不做二不休，干脆反了！"大丈夫一言九鼎，刘家福真的铁了心要造反。连续率领饥民成功洗劫了县城万昌米行和清湖老七米行，两次惊天动地的造反经历，催发出他久埋着的野心的芽苗。他知道自己走上了不归路。但他不是头脑简单的一介武夫，他的眼睛比谁都看得远呢。九牧离浙江江山不远不近，离福建浦城也有几十里路之遥，万一遇上官兵来缉拿，即刻可往山上逃匿；将来一旦举旗起义，进可攻退可守；再则九牧人来人往商贾云集，若在此开一爿店，不愁无生意，不仅自己和兄弟们的衣食无虞，而且可积攒银两，到时起义派得上用场。九牧能让他一举三得，再也难寻如此理想之地了。举旗起义是他的野心，但现在谈论为时尚早，八字还没一撇呢。

刘家福一行四人抵达九牧已是傍晚，正是下饭馆的时候。现在生意最火的就是饭馆，一连寻了十多家，家家都门庭若市客满为患。徐培扬提议，先找客栈，再去饭馆，不然饭馆没座位，到时客栈也客满了，弄得两头空。刘家福觉得也是，一路寻去，没想到还是迟了，最终只在街尾寻到一家不起眼的老客栈。这家客栈位置有点偏，在街尾高处的山边上；取名有点意思，叫"挑夫客栈"。古道上最多的人是挑夫，最穷的人也是挑夫，看来挑夫客栈是特地给挑夫开的，虽泥墙瓦顶的房子很阔，住五六十人也不在话下，却显得异常冷清，住客栈的人没几个。也难怪，客栈在街尾且在高处，想住宿还得多爬二十多级台阶的石头路，有钱人哪看得上？没钱的挑夫不想留宿的不来，想留宿的却又不想再挑着沉沉的担子上去下来，也就没兴致了，宁愿几个同伴借人家屋檐或到路亭甚至桥洞里聚拢一起挨过一夜。老板姓吴，是个老者，当问及生意为何如此惨淡，吴老板坦言不是挑夫不选挑夫客栈，而是挑夫客栈选错了地方，所以别家的客栈一床难求，而他的客栈门可罗雀，好在房子是祖宗留下的，经营的又是一家三口，才勉强度日。见刘家福四人寻来住店，吴老板显得有点激动，此客栈本不提供酒菜，得知刘家福四人尚未用膳，特地给他们做饭。

客栈只一个店小二，便是吴老板的儿子吴如海了。吴如海脚下生风，动作利索，抹桌凳，送茶水，招呼客人，没的说。有功夫的人眼光也特别，刘家福一眼就看出吴如海不简单，身上定有功夫，心里萌生试探一下的想法。趁吴如海端上酒菜之际，刘家福故意用脚一绊，普通人非摔个"猪啃泥"不可，但吴如海却轻巧地避过去了，他好像早有防备似的。刘家福拍拍他的肩膀，对他友善地笑道："看不出，小弟有两下子。"吴如海"嘿嘿"地报以一笑。

同样是饥肠辘辘，另三个兄弟是大口吃喝，频频干杯，只有刘家福细嚼慢咽，仿佛在想着什么心事。毛歪头劝道："家福兄弟，你咋不饿？快吃呀。"周东华端起酒杯就和刘家福的酒杯碰："家福哥，莫非你还在担心啥？从今往后，我们兄弟四个有福同享有难同当，纵有天大的事儿，我们都会替你扛着。别想太多了，来，喝！"

徐培扬倒比他俩有见识，他说："家福不是不饿，也不是担心啥，而是在琢磨一件事，一件大事。家福，我说得没错吧？"

刘家福终于笑了："知我者培扬兄也。我的确在想一些事情，待我有些眉目再告诉各位兄弟，如何？"

周东华点点头："好！现在要紧的还是填饱肚子！"

由于几日不停地奔波，四人都十分疲惫，吃饱喝足后，挨着身子倒头便睡，很快响起"呼呼"的鼾声。

四

翌日晨，兄弟三人还在床上睡大觉，刘家福便起来了。早在忙碌的吴老板见了友善地和他打招呼，刘家福也礼貌地说自己出去走走，俨然一个指挥作战的指挥官去观察地形。

刘家福叉腰站在坐落高处的挑夫客栈门前，晓风拂动他的衣角，如一面小旗。一眼望去，一条自浙江江山方向蜿蜒而来的仙霞古道横亘在眼前，像条巨蟒朝福建浦城逶迤而去；古道上形成长蛇阵的挑夫正挑着沉沉的担子向浦城疾步走去，兴许住了一宿养足了精气神，脚步又快又稳。他们头戴斗笠，每人肩上扛着一根挂棍，嘴里齐整地喊着"嗨哟、嗨哟"的劳动号子。此刻，眼前这支浩浩荡荡的挑夫队伍，在刘家福眼里却是一支起义大军，他们手里拿着的不是挂棍而是长矛，他们嘴里喊的不是劳动号子而是冲锋杀敌的口号。刘家福笑了，那是他正为自己美妙的想象而自鸣得意的笑。他还想象着这支庞大的起义大军是他麾下的部队，他正率领他的起义大军杀向恶霸和官府……

一支挑夫大军引发的遐想让他兴奋，还有让他兴奋的是挑夫客栈特殊的地理位置。前面说的九牧的特殊地理位置，进可攻退可守，是从大的方面说的，有利于起义队伍。而挑夫客栈的地理位置是从小的方面讲的，挑夫客栈位于古道最北端山脚跟的高高的土墩上，从古道也即街道上来需上二十八个台阶，站得高，望得远，简直是个天然瞭望台，小镇的房屋、街市巷道尽收眼底。穿镇而过的古道自北面浙江江山来，往南面福建浦城而去，而且古道一面靠山，山高林密，周围空旷，一旦有异常情况马上便知晓，如果情况危急，可迅速撤离，出了后院钻进树林，哪还能见到踪影？让他兴奋的还有挑夫客栈有一个宽敞的后院，虽然吴老板把它当作堆放杂物的场所，可在刘家福眼里那是很好的练武场——他已想到招兵练武这步了。但兴奋归兴奋，吴老板的挑夫客栈会变成姓刘的吗？他心里没底，心里的兴奋减去了一半。他极想去探探吴老板的口风，他愿不愿意将挑夫客栈转让于自己。他觉得吴老板是和善之人，应该好说话，信心又增了几分。

后院里传来"哐哐"的撞击声，刘家福知道吴老板正在破柴。刘家福进来说："呀，您老人家自己在破柴，这可是年轻人的活计，您儿子如海怎么不干呢？"吴老板说："昨晚他跑出去一夜未回，到现在了还不知在哪儿，哪还指望上他呀。"刘家福上去要斧头帮忙，吴老板说："你是客人，怎能让你干活呢？"刘家福说："我身上的力气正愁没处使呢，让我出身汗暖暖身吧。"吴老板终于松了手，但他没离开，站边上看刘家福破柴。刘家福虽身上有的是力气，但破柴不得法，不是斧头落下时偏了，就是用力过猛，斧头击穿木柴钻入泥地，撞到泥地里的石头火星四溅。吴老板嘴里叮嘱着"小心"，再手把手地教他，如何握紧斧柄，瞄准柴芯，如何使劲，等等，边教边向他问话。刘家福也想和他套近乎，有问必答，且口气听起来也舒服。

吴老板问："看你不像乡下长大，没破过柴吧？"

刘家福说："我是乡下人，不过十岁就出去闯荡了，家中用柴都是我两个哥哥破的，所以没干过这活。"

吴老板："哦，柴也不好破，没干过破不好也难免。哎，你是江山人吧？"

刘家福说："嗯。吴老板，您呢？"

吴老板："浦城乡下。不过你们江山话我也能听懂，昨晚你们一进店我就知道是江山人。可我有件事不明白，过往的人不是做苦力的挑夫，就是做买卖的商贾，或是镖行押镖队伍，还有少数官员、信使，而你们四人都两手空空，既不像挑夫也不像商贾，更不像信使和官员，你们也没押镖，你们究竟是做啥的，不会是绿林中人吧？"

刘家福笑了："您看我们像吗？"

吴老板摇摇头："我看不像，这就让我费思了。你能告诉我吗？"

刘家福觉得正是试探的好时机，便停下手中活计，开门见山把心里的问话掏出来："吴老板，我们想和您合伙开挑夫客栈，意下如何？"

吴老板哈哈大笑，但笑过后脸色便拉下来了："你是在笑话我生意冷清吧？我客栈在这样的位置，商贾官员不可能来，而你们江山的挑夫既嫌位置高不愿爬，也不愿花点银两，你说我哪有啥办法？"

刘家福真诚地解释："吴老板，您误会我了，我绝无笑话您之意，真的想与您合伙做生意。"

吴老板突然愣住了，像怀疑对方有何不善用意似的盯着刘家福看，然后从他手中夺过斧头自己破柴，再也不理刘家福了。

刘家福讨了个没趣，只好离开。他边走边琢磨：自己哪儿得罪了吴老板，让他如此不悦？

　　夜至三更，几个兄弟聊完天后进入了梦乡，但刘家福仍睁着眼睛望着漆黑的屋顶。他仍在想着早晨吴老板态度骤变的原因，可又想不出个所以然。这是他看中的最理想之所，九牧不会有第二个了。志在必得的刘家福冷不丁被泼了一盆冷水，沮丧极了。

　　这时，传来一阵呻吟声、呕吐声，还有担心的叫唤声。夜深人静，刘家福听得真切，立马便知是吴老板得了什么急病，疼得嚷嚷，可儿子吴如海不在身边，肯定又跑出去干啥事去了，老板娘想去叫郎中却又害怕一个人走夜路，不知如何是好。刘家福披上衣服急步走去。

　　屋里油灯已点亮。刘家福走到门前敲了两下："吴老板，你怎么啦？"

　　老板娘求救似的："我老头突然肚子疼，又吐又泻，你看，受不了了，得去叫郎中，可我……"

　　刘家福进去，端起油灯去观察吴老板面色，用手放他额上试体温，再给他切脉，然后翻看他的眼皮和嘴唇，让他伸出舌头。吴老板伸出舌头让他看。刘家福望、切过后，问："吴老板晚上吃过什么？"

　　老板娘答："玉米粥、豆腐乳和霉干菜。我和如海也吃，但都没事。不知是何原因。"

　　老板娘疑惑地望着刘家福："你是郎中？"

　　刘家福"嗯"地应了声，说："以前做过，略知一二。"

　　老板娘兴奋地说："太好了，客官，你快想想办法吧，我老头好可怜啊。"

刘家福劝慰道："不要紧张，吴老板舌苔黄腻，脉滑心悸，是肠胃湿热所致，只需清热化湿、理气止泻便可，你准备药罐火炉，我速去药房抓几帖药，煎服后定能缓解。"

老板娘赶紧去开箱子，取出一块银圆递给刘家福，刘家福说声"我去去就回"便没了影。

不到半个时辰，刘家福便拎着一串药包回来了，他把找回的几个铜板交给老板娘，将一包药倒入罐中，浇上水煎熬。火炉的木炭早已红火，煎了片刻，刘家福将火减弱一些，用文火慢熬。此时刘家福也没空闲，他用热毛巾敷在吴老板额上，还轻轻摩挲吴老板的腹部；待煎好药，药汤散热后变温，让吴老板服下。喝完，吴老板又上了趟茅房。

趁吴老板上茅房的当儿，老板娘让刘家福坐着拉家常。老板娘最感兴趣的话题是刘家福怎么当上郎中的。假如是一个普通的旅客，刘家福一两句话就应付过去了，可现在刘家福有求于吴老板，而她是老板娘，当然也就有求于她。早晨帮吴老板破柴时刘家福提出想和他合伙开挑夫客栈，吴老板虽然大为不悦，但也未明确拒绝，说明还有希望，假如她能替自己说好句话希望就更大了。眼下正是巴结她的好时机，刘家福打开了话匣子，尽量把自己的经历往传奇色彩方面靠，也许这样老板娘对他会刮目相看了。其实刘家福用不着浮夸加色，他不是等闲之辈，他的经历不知比同龄人曲折多少。

那时刘家福身上已有功夫绝招，是几年前与吴村乡皮石弄的拜把子兄弟吴嘉猷一起向浦城县终南会武师程铁龙学得的。但他不满足学到的几样功夫，希望得到高人指点，从而开窍成大器。听师父程铁龙说深山古刹有隐世高人，他信了，而且听说江西玉山有座九仙山，九仙山上有座古庙，古庙里有个道士，该道士法术无边，而且能掐会算，乡间赞誉他"孔明复生，伯温再世"，刘家福便急急地寻去参拜，希望道士能收他为弟子。道士姓祝名耀南，果然气宇不凡，一副仙风道骨模样，手中一把鹅毛扇，活脱脱的又一位孔明，让刘家福惊叹不已。道士祝耀南精通面相术，他看过刘家福面相后惊呼不得了，若干年后刘家福会成为一个大人物，并一口答应收他为徒，还说此生只收刘家福一个徒弟。刘家福欣喜若狂，当场跪下叩拜。刘家福成为道士祝耀南的徒弟后，祝耀南果然没有食言，教他练功、练丹、看病。三年之后，刘家福学成了太极等内功，还学会看病行医。这时，祝耀南打发刘家福下山，说耽误不得，他该去干大事了。其实刘家福觉得只学到师父祝耀南的一些皮毛，极想跟他再学几年，但正如师父所说，他是干大事之人，耽误不得，刘家福有点迫不及待地去干大事了。说到这里，他自嘲地说："啥也没干成，要是能像你们一样在九牧开爿店，多好！"刘家福还没给老板娘解释干的是什么样的大事，这时吴老板咳嗽了两声，从茅房里回来了，他脸上挂着笑，乐呵呵地说："小伙子，你真行啊，药到病除，不疼了。"老板娘连连致谢："家福，多亏你啊，你是我们的恩人哪。"

刘家福马上抱拳施礼："后生不敢当，能让吴老板不受病痛折磨，后生感到荣幸。"

刘家福又说："你们早点休息，我也要去睡了。"

说罢匆匆离去。

有了这个插曲，事情就有了转机。也许吴老板恢复得很好，又勤劳，第二天早晨，他接着前一天没完成的工作又在破柴了。

刘家福悄悄地走近他看他破柴，他下去的斧头显得有点乏力，显然还没得到很好的恢复。像前日早晨一样，刘家福自告奋勇地上前请求帮他破柴，吴老板马上撒手把斧头交给他，然后站一边看。还没等刘家福开口，吴老板就知道了刘家福的心思。吴老板和颜悦色地说："小伙子，你真是好人哪，昨天多有冒犯，请多多包涵。"

刘家福客气地说："吴老板，昨天是我的不是，刚住您店，就不该提那事。"

刘家福知道吴老板说的是昨日早晨向他提出合伙开挑夫客栈的事，当时刘家福刚提出，吴老板就夺下他手中的斧头再也不理他了，让刘家福沮丧难堪。但现在吴老板像换了个人，他说："小伙子，不是我不愿意，我是担心哪，你们真的愿意和我一样喝西北风吗？如果你们有什么锦囊妙计让我的店红火起来，我绝对不会说个'不'字。"

刘家福大言不惭："吴老板，只要您愿意与我们合伙，我保证让您的客栈红火起来。"

吴老板像捡到了个大便宜，舒心地笑了："行！我天天在为生意的事发愁呢，我早有把客栈盘出去的打算，只怕没人接手。没想到遇上了你们，你有这心思很好，可是如何合伙，又如何分成？"

刘家福笑问道："您提供场所和设施就行了，而论经营您和家人有经验，能帮衬帮衬我们那是最好了。至于分成嘛，五五开，如何？"

吴老板吃了一惊："五五开太多了，三七开吧，我三你七。就这么定了！至于帮衬嘛，这里也是我的家，我们当然会留下，只要有需要，我们不会推辞。"

刘家福笑道："吴老板您太客气了，我们空手而来，一切都得借用您的，而且你们一家三口还要帮衬，三七开是否少了？"

吴老板爽快地说："不少不少。我只求个温饱，不奢望发财。你们想把客栈经营好也非易事。"

刘家福显得很大度，但吴老板也不像别的老板那般精明，很好说话，还谦让主动提出减少自己的分成，这的确难能可贵。刘家福感到自己很幸运，遇上了好东家，这么容易就实现了他的愿望。他已打定主意在九牧起事，但先要有落脚的地方，然后需要有个打掩护谋事练武的场所和一个能做生意的店铺，刘家福一下子看中了挑夫客栈，刚才还在思虑如何向吴老板开口，担心吴老板不肯，或趁机漫天要价。不承想，遇上了好人，这一切在不经意间吴老板都给了，且如此谦让，刘家福不禁感激万分，手里更来劲了，抢起斧头"哐哐哐"地欢破起来。

破完一堆柴已汗湿衣背，老板端来一盆热水叫刘家福擦身。老板娘说："若不是你帮忙，恐怕老头得破三天。谢了。早餐做好了，别嫌弃，只有稀粥，米价天天在涨，这年头不饿死就算烧高香了。去把你的几个兄弟叫来一块吃吧。"

刘家福应了一声就去了。

三个家伙已醒了，还赖床上闲聊。刘家福冷不丁去挠周东华的脚底，周东华"嘻嘻嘻"地缩着脚在床上打滚。刘家福问："还想不想起来？"周东华一骨碌起来下床了。毛歪头和徐培扬也起来了。周东华问刘家福早起干了啥事，刘家福把如何与吴老板谈话，又如何帮吴老板破柴，最后吴老板又如何答应合伙并谦让分成的事一五一十低声地说了。不过起码还有一半没说，比如他站在像瞭望台似的客栈门前所看到的一切，还有心里的宏伟计划，怕一下子都说了他们接受不了，接受不了就会问这问那，盘根究底，不是怕烦不胜烦的回答，怕的是事情八字还没有一撇就传出去了，传得沸沸扬扬，他的宏伟计划就黄了。

周东华赞叹道："哇，家福哥好厉害，一个早晨就干成了大事，大将风度！"

毛歪头歪着头问："家福，你是打算让我们跟吴老板合伙经营挑夫客栈？你看客栈这么冷清，除了我们四人只有两三个客人，这样的客栈你有把握挣到钱？"

周东华马上醒悟过来，担心地说："不要说挑夫客栈是古道末尾，就是这二十多个台阶也会让人望而生畏，谁愿意爬那么高来住宿呢？所以人家的客栈酒店客满为患，吴老板的客栈却门可罗雀，可说半死不活已奄奄一息。倘若我们接手，能让这半死不活已奄奄一息的客栈起死回生？家福哥您可要三思啊。"

徐培扬意味深长地笑了："燕雀安知鸿鹄之志？家福非你我之辈能比，他敢与吴老板合伙经营挑夫客栈自有他过人的想法。家福，我说得没错吧？"

刘家福会意地笑了："我说过，知我者培扬兄弟也。没错，我是有所思谋。培扬兄弟，你有何想法说来听听。"

徐培扬说："你之所以想与吴老板合伙经营挑夫客栈，一是吴老板有经营经验，且人好，合伙人靠得住；二是我们需要填饱肚子，然后需要银两，目前能解决这两个问题的就这条路可走；三是我们都是被官府通缉之人，这样的地理位置便于逃匿……家福，我说得八九不离十吧？"

闻听此言，刘家福吃惊不小，他像不认识似的望着徐培扬说："嘀，培扬兄居然成了我肚里的蛔虫了，分析得如此精辟，头头是道，佩服佩服！"

周东华和毛歪头向徐培扬竖起了大拇指。

徐培扬谦虚地说："我只是凭我个人的想法说说而已。假如你的心思真被我说中，纯属巧合，不足为奇。"

当然，刘家福还有更深一层的心思，他们不知道，刘家福也不想说。就在他们嘀咕的时候，吴老板来叫吃早餐了，再不吃，稀饭都要变成冷糨糊了。

五

　　挑了个吉日，鞭炮声中，新的挑夫客栈就开张了。新开张的挑夫客栈的掌柜是刘志标。刘志标是刘家福的化名，听起来很文气的名字，其实暗藏杀机，刘志标，"六支镖"也。刘家福不仅武功了得，还有一门绝技，他能连出六支飞镖。假如目标是一块木板，便能将六支飞镖组成一朵梅花，五支镖是花瓣，中间的一支镖是花蕊；假如目标是敌人，那必定镖镖命中，非死即重伤，能拣回性命的可能性不大，除非他手下留情。刘家福改名刘志标，还是毛歪头的主意。毛歪头说刘家福名气太大了，不比我们，必须改名换姓，否则非常危险。大家包括刘家福都赞同毛歪头的建议。至于改何名，七嘴八舌说什么的都有，最后刘家福采纳了有"智多星"之称的徐培扬提供的名字"刘志标"（六只镖）。而起客栈的名号也是七嘴八舌，刘家福想法却与众不同，决定仍用原名，客人的定位是挑夫，他的理由有三：一是挑夫绝大多数是我们的老乡江山人，感到亲切，现在变成了江山人开的客栈，江山的挑夫来住宿不光是生意场上的事了，那可是乡情使然，也是一种缘分；二是体现对吴老板及家人的尊重，吴老板不仅愿意与我们合伙经营，还主动要求减少他的分成，这可是世上少有的好老板；三是挑夫个个身强力壮，若将他们变成自己麾下的士兵，无疑是一支所向披靡的劲旅，这条才是最主要的。不过内容有变化，原来只向客人提供住宿不管吃饭，现在食宿都全了。因为吴老板有丰富的经营经验，为人大度和善，刘志标还让吴老板掌管客栈内务，客栈账目和客栈里大大小小的事一般要听吴老板调排，刘志标本人和三个兄弟也无例外；老板娘有一手好厨艺，她仍当主厨；吴老板的儿子吴如海武功非凡，刘志标今后会有重用，平时仍在店里打杂，做临时安排的事务。

见刘志标如此计划和安排，三个兄弟都不理解，想不通：怎么可以把大权交给外人呢？人心隔肚皮，假如客栈火起来赚了钱，万一被吴老板做手脚贪了呢？刘志标却若无其事地说："放心吧，吴老板肯定不是你们想象的那种人。"可是刘志标如此苍白的话无法说服兄弟们，他们仍七嘴八舌与刘志标"辩论"。这时候，刘志标觉得该把自己的宏图大略向他们交待了。刘志标说："以后你们都会有大任在身，经营客栈只是权宜之计，重要的是借他们客栈这块地盘发展队伍，将来才能拉起一支队伍起义。所以我们没必要计较这些。"他们听后都傻了，但很快又兴奋起来，周东华还兴奋地举起了双手表示赞同。毛歪头赞扬他："我们是鼠目寸光，而志标兄弟是高瞻远瞩。佩服！"徐培扬加了一句："深谋远虑。"

挑夫客栈新开张后，真被刘志标言中了，江山的挑夫们知道新掌柜是他们的老乡，而且客栈里有四个江山的老乡，这让他们感到亲切，像归家一样，想住宿的来了，本不想住宿的也来了，这份乡情让他们舍近求远，心甘情愿地挑着沉沉的担子登上二十八个台阶来到挑夫客栈，第二天又挑着沉沉的担子走下二十八个台阶离去。本冷冷清清的挑夫客栈一下子门庭若市，生意更是火爆，乐得刘志标和三个兄弟像娶媳妇似的，吴老板夫妇更是喜笑颜开。吴老板拍着刘志标的肩膀赞叹："真是神了，我开了这么久，从没这样红火过。掌柜的，我服了！"

吴老板不称"小伙子"，而改口"掌柜的"了，这是对他的敬重，刘志标现在觉得自己有了底气，口气也不客气了："我说过会让客栈生意火起来的，看到了吧，嘿嘿。"

吴老板也是聪明之人，他知道刘志标的经营"秘籍"后，在佩服刘志标的同时也在心里骂自己："怎么没想到呢？蠢！"

吴老板想，假如自己也雇两个江山人做店小二，然后也开饭堂供应住宿者，饭菜按江山人口味做，说不定自己开的客栈也会这么火的，即使没这么火也不至于那么冷清吧？

挑夫客栈一红火，如同烧香了一锅肉，附近的狗啊猫啊便闻香奔来。九牧地方有个外委把总，外号叫"袁狗头"，一听这名儿便知不是什么善类。九牧也是仙霞古道中的重镇，清政府在此设了一个兵汛，袁狗头仗着手中十几个兵勇军权，独霸一方，是个人人恨之欲诛之的土皇帝，吃拿卡要那是小菜一碟，一旦良田美女被他看中就得倒霉，就得改姓袁了，你若不给，一个字解决：抢！袁狗头还有一好，无论谁，只要在九牧他的地盘上开店，不管盈亏你都得孝敬他，每月上缴保护费，否则被暴打一顿后，滚蛋。人在屋檐下，迫于袁狗头淫威，很多人不得不割肉伺奉他。虽说刘志标与吴老板合伙开客栈，仍用原来的挑夫客栈之名，但老瓶装了新酒，把经营范围由原来的单纯住宿变为食宿，而且还新开了张，这样就等同于开新店。既然在九牧他的地盘里开了新店，不交保护费哪成？袁狗头等了五天也不见挑夫客栈的掌柜或差人来袁府孝敬。袁狗头恼火了："这么不懂规矩，来的是哪路神仙？来人啦！"

在门口守候的三麻子应声进来："袁大人，有何吩咐？"

坐在太师椅上的袁狗头架起了二郎腿，命令道："三麻子，去一趟挑夫客栈，瞧瞧那个掌柜是不是个牛鬼王，居然不把本外委把总放眼里。如若不顺眼，给老子好好敲打敲打。我就不信在九牧老子这块地盘上还有敢与老子作对的。"

三麻子领命："是，袁大人！"

三麻子带着两个兵丁威风凛凛闯进了挑夫客栈，吴老板认识他们，知道这帮人惹不起，便笑脸相迎："稀客稀客。可本店招待的都是卖苦力的挑夫，您大驾光临，也无雅座伺候，请随便坐。小二，上茶！"

跑堂的毛歪头应了声"好咧"，拎着茶壶跑来，正要给三麻子他们斟茶，三麻子一见小二这副模样，"扑哧"一声笑了，指着毛歪头喝道："过来！"

毛歪头走到他面前站着，三麻子嘿嘿一笑，阴阳怪气地说："难怪没有规矩，连脑袋也不按规矩生。来，我给纠正一下。"说罢就伸出双手去扳毛歪头的脑袋。毛歪头吓得往后退，两个兵丁上前制服了他，让三麻子纠正毛歪头的脑袋，毛歪头疼得"哎哟、哎哟"地惨叫。吴老板赶紧上前劝阻："老爷，后生生就这副模样，本就可怜，请手下留情。"

三麻子将吴老板狠推了一把，吴老板一个趔趄。这时刘志标闻声赶来，抱拳向三麻子施礼："客官，本店后生可有冒犯，至于让你动手教训？"

三麻子回头一看，见是个矮个小伙，哪放眼里，抬腿踩在板凳上，盛气凌人地说："口气不小嘛，来者何人？"

吴老板赔着笑介绍："他就是我们客栈的新掌柜，叫刘志标。"

三麻子把搁在板凳上的脚放下，丢开毛歪头，把兴趣转向刘志标。他将刘志标上上下下打量了一番，皮笑肉不笑地问了一连串的问题："你是客栈的新掌柜？哪里人？懂不懂这里的规矩？"

刘志标知道来者不善，若换其他地方，早就拳头相迎了，但考虑自己是借此地落脚以谋求发展壮大自己的力量，不想与这般地痞作对。所以他先礼后兵，他回答了三麻子的前两个问题，第三个问题却不知如何作答了，他问："请问客官，这里有啥规矩，我不知道自然不懂。"

三麻子冷笑道："哼，进了城隍庙为何不烧香？你是真不知还是假不知？"

吴老板替刘志标说情："刘掌柜是外乡人，初来乍到，的确不知道。"

三麻子瞪了吴老板一眼："他是外乡人，难道你也不知道吗？"

吴老板立马噤声。

三麻子教训道："刘志标，你是外乡人不知这里的规矩吧？那好，你听着，在我们的地盘上开店，就得给我们交保护费，每月十块大洋。听清楚了吗？今天我们奉外委把总袁大人之命来收取的，快给吧。"

刘志标早听说九牧的外委把总袁狗头一帮人横行霸道，鱼肉百姓，如今竟欺负到自己的头上，刘志标很想狠狠教训一下他的狗腿子，但他尽量克制住，仍笑脸相迎："哦，原来客官是袁外委把总派来要钱的。这就是你们的规矩？我还真的没听说过，新鲜！"

三麻子不耐烦了："少废话，快拿钱！"

刘志标知道与这种人没啥好说的，立马拉下脸："别说十块大洋，一个铜板也休想从我这儿拿走！"

三麻子气得暴跳如雷，掀翻了桌子："好啊，竟敢与袁大人作对，简直反了。给我拿下！"

三麻子这阵势把十几个挑夫房客吓得往边上退。

两个兵丁上前正要一人抓一条胳膊制服刘志标，哪料他们碰上了深藏不露的高人，刘志标将两条胳膊轻轻一甩，两个兵丁四脚朝天摔在地上，三麻子见势不妙想溜，刘志标从腰间拔出一支雪亮的钢镖"嗖"地擦着三麻子耳朵飞过，三麻子捂住流血的耳朵吓得下跪求饶："好汉，饶命！我只是奉命行事，再也不敢了。"两个兵丁知道刘掌柜的厉害，而且见主子已下跪求饶，也不敢造次，爬起来后并排站一旁。

刘志标也懂"小不忍则乱大谋"之理，暂且放他一马："三麻子，你听着，今天本掌柜只给你留个纪念，饶你一命，如若下次让我碰见，这镖擦着的就不是你的耳朵，而是你的狗眼了。听明白了吗？"

三麻子唯唯喏喏："明白，明白。多谢刘掌柜饶命。"

刘志标叉着腰说："滚吧。"

两个兵丁跟着三麻子屁滚尿流地跑了。

毛歪头惊魂未定，话也说不囫囵："这帮家伙太……欺负人了！多谢……家福兄，替我出了这口……恶气。"

吴老板忧心忡忡："你的气是出了，恐怕祸害要临头了。"

去山上打柴刚回的周东华人未到声先到："志标哥的功夫了得，怕啥？"

一同打柴回来的徐培扬也无惧色："来吧，我们等着！"

刘志标说："先礼后兵，既然这姓袁的恶霸要跟我们过不去，我们怎能做软蛋？有我刘志标在，大家不用担心。"

三麻子在挑夫客栈吃了大亏，狼狈逃回袁府向袁狗头报告。袁狗头桌子一拍："娘的，哪来的野小子，敢跟老子作对？看我怎么收拾他！"

三麻子答："掌柜叫刘志标，江山人，二十七八岁。"

再看看捂着耳朵还在呻吟的三麻子，袁狗头笑了："还给了你俩兵丁，让人打成这模样，真是脓包。还不快去包扎一下！"

三麻子急忙捂耳离去。

果然被吴老板言中，三麻子领着袁狗头和四个兵丁杀气腾腾地向挑夫客栈扑来。

三麻子虽在挑夫客栈差点被刘志标的飞镖削掉耳朵，向刘志标下跪服输，但狗改不了吃屎的秉性，三麻子狗仗人势地指着刘志标向袁狗头报告："袁大人，他就是刘志标，他说一个铜板也不给。"

客栈大堂里的房客均被吓跑了，只有刘志标若无其事地坐在大堂中央，吴老板和刘志标的三个兄弟站在边上。

袁狗头仗着会点功夫，且有四个兵丁跟着，哪瞧得起其貌不扬的刘志标呢？袁狗头盯着刘志标冷笑道："打狗还得看主人，好个毛孩子，竟敢对我的手下动粗，胆子不小嘛。"

刘志标毫不示弱地回敬："我才不管主人是谁，谁家的狗乱咬人，我就打！"

袁狗头傲慢地说："毛孩子竟然口出狂言，连爷爷我也不放眼里；不懂规矩的东西，爷爷今天要好好调教调教你。"

袁狗头操起桌上一只白瓷茶杯扔过来，刘志标轻轻一闪，白瓷茶杯"叭"地摔在石墙上，碎了。袁狗头又随手操起一条板凳向刘志标扔过来，刘志标一脚将板凳踢飞。袁狗头气急败坏，使出浑身招数对付刘志标，一会儿像老鹰抓小鸡，一会猛牛撞南墙，一会儿如饿虎扑食……但招招都被刘志标破了，刘志标一边躲闪一边还击，最后一个扫堂腿将袁狗头打趴在地上。刘志标一脚踏在袁狗头背上，挥舞着拳头吓唬道："袁狗头，你是爷爷还是我是爷爷？"

　　趴在地上的袁狗头却不服输，破口大骂："三麻子，老子养你们是吃干饭的吗？"

　　三麻子向四个兵丁一挥手："上！"

　　四个兵丁举着长矛刺向刘志标，刘志标一个鲤鱼跃龙门翻滚出二丈远，"嗖、嗖、嗖、嗖"，连投四支飞镖，不偏不倚，正好将四个兵丁头上的斗笠帽击飞，显然刘志标有意手下留情，周东华等三个兄弟也对三麻子拳打脚踢，把三麻子打得哇哇叫。此时袁狗头趁刘志标无暇顾及之际，一骨碌爬起溜之大吉，四个兵丁也吓得魂不附体，捡起斗笠帽撒腿就跑，剩下一个三麻子仍被周东华三个人围攻。刘志标喝令住手，三个兄弟才收拳放了三麻子，三麻子箭一般地逃离。望着他们落荒而逃的狼狈样，三个兄弟乐得哈哈大笑。

　　刘志标本该和三个兄弟一样哈哈大笑，可他没笑，像在想什么心事。躲在边上的吴老板走到刘志标面前，担忧地说："袁狗头肯定不会甘心，他还会再来的。"

　　周东华挥舞着拳头说："胆敢再来，还叫他们吃拳头！"

　　毛歪头艰难地摇着头说："恐怕没这么简单，一旦把兵营里的兵全部搬来，那样就难对付了。"

徐培扬想得更深："我最担心的倒不是袁狗头把兵丁都叫来，而是他会去渔梁兵营向把总许达佬告急，渔梁离九牧只二十多里，且渔梁兵营屯兵三四百人，真的搬来大军，我们不就成一碟小菜了吗？志标，我想也许你也想到这个吧，有啥想法？"

刘志标的表情异常严肃，但又轻松地笑了："培扬兄能深思远虑，很好！所以我们该提前防范。东华、歪头，你俩这就去袁府门口盯梢，有情况速来报告。我料想袁狗头白天不敢露头，很可能晚上行动。但我们不可掉以轻心。"

周东华、毛歪头领命："是！"

傍晚，忽有一个挑夫打扮的人来到挑夫客栈，指明找刘志标。刘志标问："我就是刘志标，找我何事？"

来人有点慌张，嘱咐："请借一步说话。"

俩人进了后堂后，来人悄声说："我是来给你报信的。袁狗头今晚要去渔梁告状，告你谋反，他与渔梁把总许达佬是亲家，恐怕许达佬会派兵来抓你们……"

刘志标问："你是何人？此事你如何知道？"

来人说："我叫陆虎，别的不用多问，反正我把知道的都告诉你了，信不信由你。此地不宜久留，我走了。"

没等刘志标再问，陆虎已出了客栈。

徐培扬和吴老板走进来打听情况。刘志标随口念叨："陆虎？他是谁？"

这时吴老板仿佛想起了什么，他告诉刘志标："九牧有个副外委把总叫陆虎，会不会是他？"

刘志标两手一拍："这就对了，就是他！"

徐培扬问："他为何一副挑夫打扮？鬼鬼祟祟的，找你何事，莫非又想闹事？"

刘志标皱了下眉头："这就怪了，我与他素不相识，他为何乔装打扮来告诉我这个秘密？"

徐培扬问："什么秘密？"

刘志标答："他说袁狗头今晚要去渔梁告我们的黑状。跟我想的一样，不知是真是假。"

徐培扬："会不会是个圈套？"

刘志标说："极有可能，他们是一伙的，不可能专门跑来给我们告密，我们不可上当。"

徐培扬若有所思地说："我在纳闷，陆虎的真正用意是什么？"

吴老板像记起了什么，他说："听说他与袁狗头是死对头，他会不会想借我们的手除掉袁狗头？"

徐培扬点点头："极有可能，除掉一把手袁狗头，他陆虎就可坐第一把交椅了。"

刘志标恍然大悟："原来如此！好，我们就成全陆虎，让他坐上第一把交椅。"

月黑风高的夜晚，疲惫的挑夫们早已进入梦乡。此时，在外监视袁狗头的周东华急急跑回来，向刘志标报告："有情况！我见三麻子将两匹马牵到袁府门外，很有可能是去渔梁报信的。我立马跑回来报告。"

刘志标冷笑道："好啊，袁狗头，你的死期到了！"

徐培扬说："看来陆虎的情报是真的。但我们决不能让他得逞，赶快去路上拦截。"

刘志标说："对付这两个恶贼，我一人足矣。等我的好消息吧。"

转眼刘志标就不见了踪影。

漆黑的夜色中，通往渔梁的官道上，传来了马蹄声，躲在官道边树丛里的刘志标盯着朝自己迅速移动的两个黑影。就在两匹马从眼前经过的一刹那，刘志标"嗖、嗖"飞出两支钢镖，两个黑影"啊"地叫了一声，几乎同时从马背上摔下，还没弄明白是咋回事就一命呜呼了。刘志标使出"一镖封喉"绝技，百发百中。确认袁狗头和三麻子已死，为制造两人骑马摔死的假象，刘志标用两匹马将两具尸体驮至山崖边，对两匹马说："对不住了，因为你们驮着两个恶人去报信，算为非作歹了，你们就陪两个恶人一起下地狱吧。"话毕，刘志标眼睛一闭，连马带尸体一并推下山崖，一阵马的惨叫之后，山谷又恢复了平静。

当刘志标回到客栈，已等候多时的三个兄弟和吴老板迎上来，刘志标悄声说："做了，但对外要说是骑马摔死的。记住了吗？"

众人异口同声："记住了。"

吴老板欣喜道："刘掌柜为九牧百姓除了两害，立了一大功。"

徐培扬乐呵呵道："恶有恶报。"

毛歪头最高兴："志标兄弟彻底为我出了这口恶气，三麻子见了阎王，痛快！"

六

刘志标将九牧的外委把总袁狗头和狗腿子三麻子送上西天之后，又制造了二人骑马摔死的假象。副外委把总陆虎顺水推舟，向渔梁把总许达佬报告时，把袁狗头和三麻子说成是两人去打猎不慎摔死的。许达佬与袁狗头是亲家，许达佬不马虎，派人来现场察看后才信以为真。陆虎如愿以偿坐上了第一把交椅，当上了九牧外委把总。

按理陆虎当上九牧外委把总该感谢刘志标，但他怕惹祸上身，不敢与挑夫客栈有任何瓜葛。陆虎不像袁狗头要挑夫客栈交保护费，也没来骚扰。刘志标心满意足地说，这便是陆虎对自己和挑夫客栈的最大支持了。

可是有个问题吴老板想不通，他发现客栈表面红火，却没有多少利润。由于刘志标过于大度，常嘱咐吴老板要给江山的挑夫优惠，吃住几乎只收取成本费，而且还能赊账。吴老板不解：我们是开店挣钱，不是挑夫的救济之所。但刘志标丝毫听不进去，而且还和挑夫们称兄道弟，还给有病有伤的挑夫治病治伤，并且分文不收，吴老板简直要疯了，还赌气说不干了，或不合伙了，要收回单干。刘志标安抚他说："吴老板，我一年给您一百块大洋，您还有意见吗？"

吴老板觉得他是在吹牛："照你这样做生意，不要说一年给我一百大洋，就是十块大洋我也没指望。"

好在吴老板只是嘴上赌气，该干啥还是干啥，这让刘志标省了不少心。其实吴老板根本不知刘志标和那些挑夫称兄道弟，给他们治病治伤的深意。刘志标通过与他们的交往，物色了几位可信赖的兄弟：江山凤林人周田光、柴村人柴鸿儒、官溪人胡树基等。刘志标和这几个兄弟交谈时暗示以后有大忙需要他们帮，他们个个都拍着胸脯答应了。

这天又听老板娘唠叨儿子吴如海一夜未归，刘志标一个激灵：吴如海常常夜不归宿定有缘故。当吴如海回来时，刘志标把他叫到树林里。

刘志标问："如海，你天天晚上往外跑，去做啥呢？你父母替你担心呢。"

吴如海轻描淡写地应付："有啥好担心的，去找朋友玩呗。"

刘志标开玩笑地说："不会去赌博吧？"

吴如海矢口否认："我才不赌哩。"

刘志标不想盘根究底下去，怕引起他的反感。经过仔细观察，刘志标对吴如海的神秘行踪已猜出几分。便试探地问道："如海，我想办个武教馆，你有武功，可否请你做教练？"

吴如海立马来了兴致，眼睛发亮："真的？办哪儿？"

刘志标答："客栈后院。"

吴如海又问："你开武教馆是为赚钱吗？"

刘志标摇摇头："暂不能说。你还没答应我呢。"

吴如海调皮地讨价还价："你不说，我不会答应你，除非你告诉我。"

刘志标扛不住了，但他觉得吴如海秘密地在干一件大事，而且他干的这件大事也许与自己有点关联呢。不过刘志标留了个心眼，事关重大，先试探一下，问："如海，我问你，你觉得官府可恶不可恶？"

吴如海脱口而出："可恶！官府腐败昏暗，专横欺压百姓，害得百姓无路可走。"

刘志标又问："那些财主土豪劣绅呢，他们可恶吗？"

吴如海答："一样可恶！他们勾结官府欺男霸女，刮取民脂民膏，鱼肉百姓，毒如蛇蝎。"

刘志标进而又问："既然官府和财主土豪劣绅可恶，我们起来打倒他们、推翻他们，如何？"

吴如海惊奇地瞪大双眼盯着他看，仿佛怀疑刘志标是个探子："你究竟是何人？"

刘志标"嘿嘿"一笑，答非所问道："你曾听说前些时候刘家福率众抢了江山城里万昌米行和清湖老七米行之事？"

吴如海点点头："听说过，这与你何干？"

刘志标不动声色地低声说："要是我说我就是刘家福，你相信吗？"

吴如海讥笑道："人家刘家福可是大名鼎鼎的英雄，怎么可能跑到这儿和人家合伙开客栈呢？笑话！"

刘志标认真地说："我不骗你，我就是刘家福，因造反被官府缉拿，只好到这里避避风头了。"

吴如海仔细地把他打量了一番，然后半信半疑地问："你真的是刘家福？又为何改名刘志标？"

刘志标点点头，说："我身上有六支飞镖，就取此谐音为名了。怎么样，此名如何？"

吴如海突然抓过刘志标的双手摇起来："哎哟，我真是有眼不识泰山，原来你就是刘家福大哥啊。幸会幸会！"

刘志标嘱咐："我什么都和你讲了，可你要替我保密，能做到吗？"

吴如海："家福大哥，把心放肚里好了，我的嘴挂了一把锁哩。"

刘志标哈哈大笑，笑后认真地说："如海，我信你，你这个兄弟我交定了！不过现在我叫刘志标，以后你就叫我这名吧。"

吴如海点点头："嗯，志标大哥，我现在可以告诉你了，我参加了浦城的终南会，每晚我都去参加他们的活动。你不要告诉别人，也替我保密，好吗？"

刘志标拍拍他的肩："彼此彼此，不用担心。还有，我办武教馆请你当教练，考虑得怎样？"

吴如海说："当教练？我行吗？做你的徒弟还差不多。"

刘志标笑了："你谦虚，我看得出来，你行。"

吴如海也笑了："既然大哥看得起我，我个人没意见，只要终南会那边同意就成。今晚我就去问问。"

刘志标向他抱拳行礼："拜托啦！"

翌日凌晨吴如海就赶回来了，叫醒了刘志标，告诉他浦城终南会同意了。

这终南会是类似小刀会、哥老会、红钱会的一种民间秘密组织，它是由郑成功部将陈近南所创的天地会演变成的其中一个地下会党，以"反清复明"为宗旨。江浙一带除终南会外，还派生出双龙会、白布会、伏虎会、龙华会、平阳党等一些小团体，并辐射至浙闽赣交界处。这些民间小团体组织结构比较松散，帮众从事的职业也是五花八门，黑白两道兼而有之。浙江江山和福建浦城两地都有十多个终南会成员，后来都加入了刘家福的起义大军。这是后话，暂且不提。

刘志标喜出望外："哦，好啊！"

像想起了什么，刘志标问："哎，你告诉他们是我让你当教练的吗？"

吴如海摇摇头："我说过，我嘴上挂着锁呢。"

刘志标笑了："看来你们终南会挺开通的。你替我谢谢他们。"

吴如海却认真地说："不过，他们有个要求，希望你们也加入终南会。"

刘志标笑道："好啊，这样我们就成一家人了。哈哈哈。"

七

当刘志标向吴老板提出要办武教馆时，吴老板就猜出刘志标是个人物了，他居然没反对，当即就答应了。当然，武教馆没有像重新开张的挑夫客栈那样大张旗鼓，而是悄悄进行的。主要的学员是有此意向的挑夫，他们绝大多数是刘志标的江山老乡，他们习拳练武的初衷是为防身，而且身上有武功也多了一样本事，学武不收费，所以参与者众多。他们一般在运送货物返回时参加，练上三五天回去。挑夫客栈的后院是武教馆，这样就形成了前堂开店迎客、后院练武的格局。住宿吃饭的和习拳练武的挑夫纷至踏来，客栈门庭若市，天天爆满，与从前门可罗雀的冷清场面形成鲜明的对照，成了九牧镇一大奇观。

刘志标让徐培扬、周东华、毛歪头三个兄弟去张罗客栈的事，他自己和吴如海专职当教练。刘志标和吴如海的武艺不同，刘志标擅长棍术和飞镖，尤其"六支镖"的精准和速度无人可比，堪称一绝；吴如海的拳术和腿功了得，真正耍起来，左右开弓、拳打脚踢，令观者眼花缭乱，眨眼工夫便可叫三五个汉子趴下，五七个汉子也不是他的对手。练武免不了失手，或不小心自己扭伤，这时刘志标又可大显身手，用从玉山九仙山道士祝耀南处学来的医术给伤者医治，伤者感激涕零，他们把他当作自己的偶像。

挑夫中有个十七八岁的后生叫苏佛海，痴迷武功拳术，做了刘志标的学员之后便不想当挑夫了，跟着刘志标天天练武。

苏佛海悟性好，肯吃苦，刘志标一点便知，深得他喜爱。只要出门刘志标就带着他，他成了刘志标的跟屁虫。刘志标采取传帮带办法，以老带新，让学得快、学得好的徒弟去教初学者，这样刘志标就能腾出手干更重要的事了。九牧镇不仅是挑夫歇脚的大本营，也是官员商贾云集的地方，不少商贾慕名来挑夫客栈找刘志标雇保镖。正好，刘志标带出的徒弟派上了用场，再者押镖利润高，也可弥补一下客栈薄利的欠缺。刘志标来者不拒，第一宗生意由苏佛海带着两个兄弟出镖，押送一位泉州客商的货物。半个月后回来时，苏佛海把一小袋子哗哗作响的银圆交到刘志标手上。刘志标掂了掂，脸上露出满意的喜色，关心地问："路上没遇到麻烦事吧？"苏佛海得意地说："倒遇上七八拨小蟊贼，都被我和俩兄弟打跑了。"刘志标竖起了大拇指："好样的！不愧是我的徒弟。"

刘志标与吴老板合伙开挑夫客栈名义上是做生意，实际上是笼络人心，暗地里招兵买马，为日后起事做准备，所以赚不到钱，被不知底细的吴老板责怪也在情理之中。但刘志标是个人物，不可能在一棵树上吊死，又很快找到两条能大把大把赚钱的路子。一条是押镖，由于押送大宗货物的路途遥远，而且一路上要与毛贼较量，恰逢连年旱灾，匪患猖獗，商贾都愿出高价雇保镖。另一条是收取被吸引到武教馆练武的纨绔子弟出的学费，刘志标毫不客气，只往高处收，一个比一个收得狠，反正纨绔子弟家里有的是钱，许多人的老子以搜刮剥削坑蒙拐骗等手段挣黑心钱，不趁此机会捞一把更待何时？一心想学武的纨绔子弟们却不讨价还价还笑脸奉送哩。但是刘志标不教他们真功夫，只教他们好看不中用的花拳绣腿；假如让他们学到真功夫，那是助纣为虐。这些来学武的纨绔子弟是想学到武功后，更好地欺男霸女为非作歹，去干伤天害理的事儿。刘志标经营客栈有三条道：第一条供挑夫的食宿，此不赚钱，让吴老板急；第二条押镖和第三条开武教馆狂收纨绔子弟的学费，赚了个盆满钵满，让吴老板喜笑颜开。

刘志标的武教馆开始时只收江山籍的老乡挑夫，后来也收纨绔子弟，武教馆的名气渐渐大了，四方豪杰、江湖义士纷纷慕名而至，练枪习武，也相互切磋。本来作为守护九牧的外委把总陆虎该来管的，却因为刘志标帮他除了仕路上的绊脚石，有恩于他，也就睁只眼闭只眼，让刘志标去折腾。这正是积聚力量准备干大事的大好时机，刘志标来者不拒，队伍迅速扩大，挑夫客栈已无法容身，刘志标干脆在客栈后山上伐木砍竹，兴建了一个能容数百人的大棚。如此大的动作，风声很快传到了渔梁把总许达佬的耳里。

许达佬听到这风声时吃了一惊：一个开饭店的毛孩子，不好好开饭店，却私聚民众舞棍耍枪的，想干啥？难道有谋反之心？许达佬不知刘志标就是已在江山造反过的刘家福，所以他听说此消息后只是猜测而已，并没往深处想。但他不得不防，于是派了两个心腹秦吉、管大去九牧探听虚实。

秦吉和管大一副商人打扮来到了九牧，找到了挑夫客栈。因为刘志标有嘱咐，遇到可疑的人要马上向他报告。做店小二的周东华见来的两人既不是挑夫，也不是来学武的，而像是商人，一进门就嚷着要住店吃饭。哪有商人来这等客栈住宿吃饭的。他觉得可疑，便试探地问："两位客官，你俩住宿咋不先瞧瞧店名呀？我们这里设施简陋，来吃饭住宿的都是穷人挑夫，再说今天房号已满，还请两位去别处找吧。"

管大是粗鲁之人，一听此言，不爽，竟管不了许多，开口就骂："混账，也不看看老子是什么人，竟敢不给老子开房间。老子今晚偏要住你家客栈！"

周东华不悦，反问道："我知道你俩是有钱人，可为何好店不去偏要来寒店？"

正坐在大堂饭桌旁用餐的挑夫们都把目光投过来了。

秦吉心里一怔：管大竟不顾自己的差事，耍起了臭脾气，假如不赶紧阻止，恐怕他俩的身份就要暴露了。秦吉给管大使了个眼色，搪塞道："店家莫怪，只因我们做生意蚀了本，兄弟他心烦气躁，多有冒犯，还望店家多多包涵。店家可否给个便铺，只歇一宿就走。"

周东华见另一个说了好话，口气也温和下来："客官，非常抱歉，客房已满，实在没有办法。"

管大又想发作，却传来了一个声音："且慢！开店哪有不迎客人之理？房间暂无，饭菜有的，请客官稍等片刻，我即让厨子炒几个菜来。小二，快去！"

周东华应声而去。

两人鬼鬼祟祟，随刘志标进了一包厢。忽然从后院武教馆传来练武的喧哗声，管大"霍"的站起来欲察看，却被刘志标拉回坐下。刘志标说："别急，先坐下喝口茶，酒菜马上来。小二，快拿酒来！"

周东华应声端着托盘来了，托盘里有一坛酒和三副碗筷，一碟花生米。周东华给三个人分了碗筷，倒上酒，退出。

刘志标劝道："自酿的糯米酒，喝一口看看味道如何。"

秦吉、管大俩人的心思都在后院武教馆那边，他们都朝那边张望，管大问："客栈里怎么会有人练武？"

　　刘志标说："几个客人没事在闹着玩哩，甭管它，我们喝酒。"

　　秦吉怕管大言多有失，露出马脚，便劝管大一起喝酒："对，不管它，我俩都饿了，喝！"

　　管大的确也饿了，顾不了许多，端起碗畅快地喝起来。

　　管大是个酒鬼，只顾喝酒，早把自己的差事抛到九霄云外。秦吉却是颇有心计的狡诈之人，他是有酒量的人，却假装喝了许多酒且已醉，其实酒被他偷偷倒地上，没喝几口，他一直留心探看虚实。他借上茅房之机欲去练武堂，机灵的周东华没让他去，把他带到茅房。他摆出一副醉态，终于憋不住问了："你是刘志标刘掌柜吧？听说你的武功非常了得，可是当真？"

　　听到赞扬刘志标，周东华也没多想，随口夸奖道："当然当真，我掌柜舞起棍来泼水不进，飞镖六镖齐发，恰似梅开五瓣，百发百中。"

　　刘志标虽喝了不少酒，但他脑袋清醒着呢，马上发觉周东华语失，正欲补救，却迟了一步。秦吉紧紧问上："听说刘掌柜不仅开客栈，也开武教馆，江湖义士结交得不少吧？"

　　刘志标心里一怔：这两个该不会是探子吧？忙搪塞："你从哪听说的？没有的事，每天倒有几个挑夫在练拳脚耍着玩呢。"

　　秦吉摇摇头："不会吧，几个挑夫哪有那么大阵势，可否让我瞧瞧？"

　　刘志标端起碗和他的碗碰了下，笑道："有啥好看的，喝酒!"

醉醺醺的管大端起碗喝了一大口:"对,喝个痛快!"

秦吉瞪了管大一眼:"你只知喝酒,不要再喝了,再喝就分不清东西了。"

管大只顾喝酒,口气不小:"秦大哥,放心吧,我海量,多喝几碗不碍事。"

秦吉没去搭理管大,还纠缠武教馆不放,他假意请求:"刘掌柜,我俩极想练武防身,可否收我俩为徒?"

迷迷糊糊的管大哪知秦吉用意,嘟哝道:"练武?累死人,我才不想呢。"

刘志标顺着管大的杆爬:"你看,你兄弟都不愿练武。生意人只管做生意,还练啥武啊。"

秦吉说:"我兄弟沾上酒还会去想别的?现在又醉了,等他醒了就想了。"

管大觉得秦吉在贬损自己,生气地抬起一只脚搭到凳上:"我没醉!哼,再来两坛,老子也叫它底朝天!"

就在管大抬脚的时候,只听"啪嗒"一声,一个东西从他身上滑落下来,滚到刘志标身边,刘志标察觉到了,装着咳嗽吐痰弯腰俯身捡起那东西一看,吃了一惊:是一块渔梁哨兵的差事铜牌,果然是密探!便顺手塞屁股底下。为稳住两人,刘志标叫小二周东华拿两坛好酒来,并换上大碗。管大醉眼蒙眬,看着两坛酒拍拍刘志标的肩膀,连声叫好:"够朋友,痛快!"大碗倒满酒,大喝起来。

秦吉这只老狐狸料想刘志标已察觉自己的身份,故想使计把他俩灌醉后再来收拾。管大这酒囊饭袋却不明就里,还傻乎乎地叫好，把他气死了，却又不敢多言，再这样下去，两人的马脚非暴露不可。他急得如坐针毡，站起坐下，坐下站起，惶恐不安。

刘志标见施计已成，笑问道："渔梁的公差哥，莫非有何烦心事？"

秦吉大惊失色，知道自己身份已经暴露，但仍支支吾吾地否认："刘掌柜，你……认错人了，我俩是……做买卖的，只是想起……亏掉本钱之事，心里好不烦躁……"

刘志标摸出屁股底下的铜牌，"啪"地往桌上一拍，冷笑道："嘿嘿，做买卖的用这号牌做什么？"

秦吉摸了兜里的铜牌，见硬硬的还在，他还想狡辩，站一旁的周东华已怒不可遏，挥拳就打，边打边骂："好你个刺探，我打死你！"秦吉被打得抱头往桌下躲，周东华一脚将他踹倒在地，骑他身上继续打，秦吉呼喊着向管大求援。

同伴被打，管大本该出手援助，可此时他已烂醉如泥，哪有力气对抗？即便有心也无力了，只能趴桌上眼睁睁地看着秦吉挨打了。

见求援无望，秦吉只好哭爹喊娘求饶，刘志标向周东华摆摆手："够了够了，先饶他一命。"

周东华不解："狗探子岂可饶了？一旦放虎归山，后果不堪设想，我们饶了他们，他们可不饶我们呀。"

刘志标说："放心吧，我自有想法。"

周东华这才起身放了他。

刘志标对秦吉说："公差哥，莫怪小二对你出手，是你俩心怀鬼胎算计我们。你俩虽商人打扮，其实我早已猜到你俩住店吃饭是假，刺探情报是真。岂不知你同伴掉了公差牌，证实了我的猜测。不过，你俩也是奉命行事，不全怪你们，但你必须如实交待奉谁之命，此行目的，若有半句假话，小心你的脑袋！"

秦吉跪在地上向刘志标连磕三个响头求饶命，交待说他俩原是渔梁兵营的把总许达佬的心腹干将，把许达佬听到挑夫客栈明里开店暗结义士，整日练武耍枪的，认为有谋反之嫌，便派他俩来探听虚实的事一五一十地说了。但渔梁兵营驻兵多少，有多少枪炮刀矛，他却只字不提，推说不清楚。一怒之下周东华拿来菜刀就要砍，刘志标拦住他："不急，留他一命还有用处。"管大却被唬住了，他怕周东华手中的菜刀砍在自己身上，好汉不吃眼前亏，干脆来个竹筒倒豆子，将渔梁兵营的驻兵人数和武器数量——摊底。刘志标心中大喜，和周东华耳语了几句，周东华速离开。

转眼"十八兄弟"聚集至大堂。其实当时来的连刘志标加起来也才十位兄弟，他们均不知何事，交头接耳地打听。这"十八兄弟"是刘志标"削发明志""桃园结义"的十八个好兄弟。来九牧避难之前，刘家福还没改名刘志标，便有跟随刘家福造反连抢了江山城里万昌米行、清湖老七米行的徐培扬、毛歪头、周东华，来九牧改名刘志标之后，又结义吴老板之子吴如海、挑夫苏佛海、挑夫凤林人周田光、柴村人柴鸿儒、官溪人胡树基等，还有先在清湖随刘家福抢了老七米行后又追随刘家福的周老虎，还有个外号"傻子壳"实名毛允本的石门人，是官府信差，等等，不——介绍了。刘志标对秦吉、管大说："我们有要事商量，请两位暂时委屈一下。"刘志标叫几个兄弟把俩探子关起来。之后十兄弟聚一起，刘志标把渔梁把总许达佬如何听到客栈聚众练武的风声，派了这两个探子来刺探，如何被识破交待了此行目的以及渔梁兵营的士兵和兵器的数量都一一说了。刘志标说他来九牧的目的就是广交义士，练武练兵，积聚力量，伺机造反起义，相信跟随他的义士豪杰均有此愿，但如今刘志标的意图已经暴露，下一步做如何打算，请兄弟们议议拿个主意。兄弟们你一言我一语，议来议去，非常热烈，直到深夜，才商定了一个奇袭渔梁营的计策来。事关重大，刘志标命兄弟们火速去将缺席的八个兄弟叫回。翌日晨，另外八兄弟均被召回，"十八兄弟"全部到齐，行动在即。

刘志标向"十八兄弟"宣布：从现在开始，我把名号改回来了，不叫刘志标，而叫刘家福！

刘家福立即叫人把两个密探带来，对他们说："现在是你俩戴罪立功的好时机，你们可愿意？"

秦、管二人哪敢违令，鸡啄米似的连连点头："愿意，愿意！刘掌柜尽管吩咐。"

刘家福从怀里摸出一封信交给秦吉："兄弟我想'借'你渔梁营的兵器用用，这封信托你带给你许达佬把总，不得有误，听清楚了吗？"

一听刘家福要"借"兵器，秦吉心里"咯噔"了一下，他知道这是野猫借鸡，不会有好结果。但他不敢违抗，只好边把信小心放进口袋边点头道："明白，明白。我一定会带到，请刘掌柜放心。"

刘家福转身问管大："兵库在哪儿你可知道？"

管大连连点头："知道。"

刘家福吩咐道："好！到时由你带路！"

　　此时挑夫客栈人气很旺，住客栈和山棚里的挑夫和豪杰义士已达两百人，他们都盼望着有朝一日能跟着刘家福举旗起义。听说刘家福要去渔梁"借"兵器，江山的挑夫们手握扁担、担拄，其余人操起大刀长矛和木棍，迅速聚集在山坡上待命。

　　刘家福站在高处，大声地鼓动道："兄弟们，我和你们一样都是穷苦人，受尽了官府和地主老财的压迫和剥削，加上连年天灾，我们穷人已无活路，如果我们不起来造反只有死路一条。但造反不能赤手空拳，必须有武器。我们已获知渔梁有许多兵器，还有两门过山大炮，现在我们马上去'借'，愿意的跟我们去，不愿意的留下，绝不勉强！"

　　山坡上众人举起手中的家伙齐声高喊："愿意！我们不当孬种！"

　　刘家福一声令下："出发！"

八

就在刘家福率众人奔袭渔梁之时，渔梁把总许达佬仍在床上做着捉拿刘志标邀功请赏的美梦。他搂着美人许诺道："等我活捉了图谋造反的刘志标，定能官升一级当上千总，到时你便是千总太太了。"

美人不太满意："才升一级，千总算啥？要是连升三级当上都司，让我做都司太太，那才神气哩。"

许达佬刮了下她鼻子说："你的心太大了，刘志标又不是什么大人物，能升一级就不错了。"

美人像突然想起了什么，她说："哎，我的眼皮老在跳，秦吉和管大不会出事吧？"

许达佬亲了美人一口："把心放肚里吧。两人商人打扮，虽管大贪杯又粗心，但秦吉很精明老练，有秦吉管着他，屁事也没有。"

到了太阳一竿高，刘家福率领民众即将抵达渔梁。队伍从九牧出发时仅两百余人，一路上饥民热烈响应，队伍越拉越长，到渔梁时已达近千人，他们手里拿着锄头、斧头、四齿耙、菜刀等武器，浩浩荡荡。为不惊动渔梁营的官兵，刘家福命令队伍停留在渔梁三里外的一个小村。刘家福按原部署派吴如海带一班人悄悄埋伏在渔梁通往浦城县城的官道边，防止许达佬派人去报信；秦吉先去给许达佬送信，告之，只要许达佬同意"借"兵器，不会伤害他们。

此时许达佬还躺在床上，正吸着鸦片烟，丫鬟捶着他的腿，快活得赛神仙。

突然，秦吉跌跌撞撞地跑进来，跪在地上叩着头，上气不接下气地说："报告，把总大人……"

许达佬抬起头训斥："火烧屁股啦？那事探得如何？慢慢讲。"

秦吉惊恐地说："大事不好，刘家福来'借'兵器了！"

许达佬大惊失色，烟枪差点掉了："什么？刘家福？借什么借？"又打发丫鬟："去去去！"

秦吉不敢怠慢，立即将刘家福的信呈上："把总大人，这是刘家福写给您的信，请您过目。"

许达佬取出信笺展开，上书：

渔梁把总许达佬尊鉴：

见字如面。我乃在江山造反的刘家福，今托您部下秦吉兄捎信于您，想借您兵器一用，日后归还。请放心，我与您井水不犯河水，仅借兵器而已，请允为谢！

刘家福敬上即日

许达佬看罢信，气得咬牙切齿，三下两下就把信撕得粉碎。咆哮道："混账！一个江山的强盗竟敢向本把总借兵器，真是吃了豹子胆了，岂有此理！"

秦吉仍跪地上，抬起头小心地问："把总大人，借，还是不借？"

把总骂道："混账东西，这兵器是我们的命根子，能借吗？休想从我这儿拿走一支矛！"

秦吉居然还在说："把总大人，刘家福说过，倘若不借，他们就强攻抢了。"

许达佬一怔，随即哈哈大笑："真乃口出狂言，他有多少人马敢与我兵营对抗？太不自量力！"

秦吉说："营外满山遍野都是人，有上千个，他们手里都拿着家伙，而且管大已被他们当了人质……"

许达佬慌了："什么？哪来的这么多人？"

秦吉奉劝道："把总大人，再不答应恐怕就要遭殃了……"

兵营外，是刘家福率领的民众，人山人海。刘家福对兄弟们说："再等一刻，倘若还不肯借，老子就不客气了！"

被扣作人质的管大给刘家福出了一计："刘总领，许达佬胆小怕事，只要您弄出点动静，他定会借您。"

刘家福心里一喜，马上下令："兄弟们，你们一起跟我喊：'许达佬，我们要借枪！'"

众人立即大喊："许达佬，我们要借枪！"

屋外传来海啸般的呼喊声，闻其声可知人势之众，许达佬吓得面色如土，他边说"借，借"，边穿戴衣冠，赶出中堂，只见一个哨兵连滚带爬地跑进来，结结巴巴地说："把……总大……人，不……好了！刘家福带人冲……进了兵营，问您肯不肯，大人，等着您回信呢。"

许达佬深知刘家福的厉害，他的"六支镖"让人心惊胆寒，眼下又率领千人之众攻进了兵营，吓得"啊"地惊叫一声，顾不上穿戴好衣冠，光着脑壳直往床底钻，嘴里连声说："借，借，快去回话。"

哨兵立马跑出，向营房外的刘家福报告："刘总领，把总大人说了，兵器可以借。"

刘家福说："好！许把总痛快！你去回话，我刘家福只'借'兵器，不伤人，马上走人！"

哨兵唯唯喏喏地应道："知道了。我这就去禀报。"

由管大带路，很快便找到兵库，两个守门的士兵见如洪流般的人群，吓得拔腿就逃。刘家福令人砸掉大铁锁，打开兵库大门，"呼啦"一声，众人冲进见兵器就拿，一人拿不动二人抬。刘家福可真开了眼界，兵库里的武器应有尽有：矛刀棍棒叉箭长短枪样样齐全，满屋都是，更有见都没见过的两门过山大炮。刘家福抱着过山大炮，喜得像抱着新娘似的。眨眼，兵库被洗劫一空，刘家福还顺便把许达佬的一匹枣红色坐骑也"借"了，他骑着枣红色的高头大马率民众凯旋。

等许达佬来兵库察看，早已人走库空，望着空荡荡的兵库，许达佬叫苦不迭，又气又恨又害怕，咬牙切齿道："好你个刘家福，居然抢到了老子的头上，岂不是要老子的命吗？老子与你没完！"他抡起巴掌狠狠地捆了身旁的秦吉两耳光，骂道："都是你引来的祸！"又一脚将管大踢倒："还有你！吃里扒外的东西！"

秦吉劝慰道："把总大人，您安全了就是万幸，兵器没了可以想办法。"

管大附和："是的，刘家福还蛮讲义气的，只'借'兵器不伤人。"

许达佬双目怒瞪，骂："他还讲鸟义气？这哪是借？分明是抢嘛，一伙强盗！"

又忧心忡忡道："出了这么大的事，我，还有你们，都难辞其咎，谁也担当不起啊。"

又千叮咛万嘱咐："你们听着，谁也不许向外透露半点风声，若有违者，休怪老子无情！"

秦吉、管大等响亮回答："是！绝不向外透露半点风声！"

许达佬仍心有余悸："唉，我的天！该如何是好……"

九

    不费吹灰之力就"借"得数百件兵器，还有两门过山大炮，刘家福一下子觉得自己已兵强马壮了，接下来该筹划起义大事。回客栈后，跟随他的除"十八兄弟"、义士豪杰和江山挑夫之外，还有当地饥民穷人，虽没去渔梁兵营"借"枪时千人之众，但也有四五百号人，而且现在有刀枪大炮，可算是一支威武的武装队伍了，现今不起事，更待何时？他把十八位兄弟召集一起商量起义要事。多数兄弟赞成起义，但也有少数兄弟心存忧虑。徐培扬说："此事非同小可，一旦举旗起义，就无退路了。假如清兵来镇压，南有浦城城守营，北有江山廿八都枫林营护卫，两面夹攻，后果不堪设想，请三思。"刘家福觉得事关重大，想起了师父玉山九仙山的道士祝耀南，便对众兄弟说："培扬兄说得在理，不可草率行事，我先去问问我的师父，再做定夺。"

    刘家福身着便装，带着心腹周东华、徐培扬、吴如海连夜赶赴九仙山，找到在寺里向弟子传授道经的道士祝耀南，刘家福告知有要事请教。道士祝耀南当即打发弟子离开，刘家福将自己离开九仙山后如何当上官差，后又被县衙门除名，进镖行当保镖，又如何发动饥民洗劫县城何六师的万昌米行和清湖镇张老七的老七米行，在九牧落脚后如何借开店之名暗中办武教馆聚集四方挑夫饥民、八方义士豪杰，今日又如何"借"得渔梁营兵器，兄弟们强烈要求举旗起义等事一并做了汇报，是否可以举旗起义，请师父指点。刘家福一番坎坷的经历和所取得的巨大成果，让祝耀南非常吃惊，他尚未开口，心急的周东华就催问道："道长，我们现在手里有刀有枪，还有两门过山大炮，兄弟也有三四百，攻打廿八都枫林营没问题……"

道士祝耀南摇着头笑道："年轻人，此事非同儿戏，不可半点马虎，稍有差池，大家的脑袋都要搬家。容我想想。"

一会儿，道士问："家福，你现处浙闽赣交界之地，若起事，进攻路线如何确定？"

刘家福说："南面福建浦城和西面江西玉山，虽说两地守营的兵力比浙江江山弱，但地形和民众没江山熟悉，目前我主力仍是江山的挑夫，若起事，沿途民众定会积极响应踊跃参战，我义军势力将迅速发展壮大，变成浩荡洪流，势不可挡。"

道士欣喜道："你说得没错。常言道'谋事在人，成事在天'，天时地利人和缺一不可，眼下你地利人和都有，唯独不知天时是否已到。难说，我也说不准。家福，你家住何处？"

刘家福答："在江山大桥枣垅地方。"

道士捋着山羊胡子说："为慎重起见，我必须随你去你老家一趟。"

刘家福虽心有疑惑，但仍带道士回到家乡，令三个兄弟随从。

到大桥枣垅地方已天明。刘家福的家中住着的只有大哥刘金旺一家五口。兄弟多年不见自然激动，但因重任在身，刘家福无暇与长兄叙旧，带道士屋里屋外屋前屋后走了一遭，道士又让刘家福带至祖坟地。道士连称好风水。这里葬的是刘家福的太公，坟地坐西靠东的山脚，前面是空旷的田野；坟前有条山溪绕过，山溪边有两棵柳树和几棵别的树。道士把四周远远近近察看了一番，然后把目光停留在山溪边的两棵柳树上。正是初夏，无数青青柔美的柳条垂下来，像女人的秀发，道士不是欣赏垂柳条的柔美，也不是欣赏这棵柳树婀娜多姿的形状，他是在看垂柳条，那垂柳条离水面最近的至少有一掌。道士似乎看出了什么名堂，他指着那些挨近水面的柳条说："家福，你看那些柳条还没挨到水面，这是你太公在暗示，现在起义时机未到，等有柳条挨到水了再起事才成。天时未到，等等吧，明白了吗？"

刘家福焦急地说："还要等多久呀？"

众兄弟也觉得等不了那么久。

道士说："柳条长得快，估计到中秋就差不多了。"

刘家福脸露喜色："哦，那再等三四个月吧。"

徐培扬半开玩笑道："假如风把柳条吹到水面算不算？"

道士摇摇头："不算，要它自个儿碰到水才算。"

徐培扬又提出溪里的水是会变动的，假如到秋天干旱溪里没水了，那岂不要等第二年春季了。道士说听天由命吧。

刘家福在太公坟前跪下磕了三个响头，说："太公，您让柳条快快长吧，我等着起事呢。"

离开刘家福太公坟时，道士叮嘱刘家福："等时机成熟，再举旗起义，到时老夫我将率部前来援助。"

刘家福十分感谢，却向道士恳求："希望师父能早日来协助我，当我的军师。"

道士笑道："承蒙你看得起我，为举旗起义大事，老夫愿听从你的调遣。"

说罢道士就告辞了。

虽刘家福的心情与众兄弟一样急不可耐，但道士的良苦用心刘家福心知肚明，刘家福最敬重和信赖的人便是他的师父——道士祝耀南，师父的话他毫不怀疑。既然天时未到，暂时把心安下吧。正好，回家一趟，可去见见义兄吴嘉猷。

吴嘉猷家住吴村乡皮石弄村，离刘家福家仅十里。吴嘉猷是刘家福的过命兄弟，说起两人的交情，也挺让人感动。

刘家福十岁那年父亲刘献云被村里的恶霸陈善通杀害，母亲杨雪梅用了县衙门四老爷给的两块银圆草草葬了丈夫，把剩下的一块银圆连同老二老三一起托付给老大，交待老大刘金旺，让他照顾好两个未成年的弟弟，然后就抹着眼泪挎着包袱走了。母亲这一走，就再也没有回来。父亲被害，母亲又出走，三个孤儿相依为命。但刘家福最不安分，开始四处游荡，方圆十里八乡都能见到他的影子。一天，刘家福晃荡到吴村乡皮石弄村，听到一所私塾里传出朗朗的读书声，好奇地过去，踩在石头上趴着窗台往里看。里面的孩子年纪和他差不多大，见有个男孩脑袋搁窗口上，朗读声戛然而止，他们都看着他，刘家福做鬼脸给他们看。先生手执教鞭出来，朝刘家福的屁股上轻轻地打了一下，刘家福却朝先生笑着不走，先生问他为何还不走。刘家福说他从没看过读书，想看看。先生觉得此男孩胆大又聪明，立马喜欢上他，问他哪里人，为何跑到这里来。刘家福便把身世告诉了先生。先生动了恻隐之心，表示愿意让刘家福进私塾读书，不收分文。先生让他回家告知家人，刘家福自作主张说不用，欢天喜地进了课堂。刘家福聪明伶俐悟性好，又勤奋刻苦，四书五经六艺学得快记得牢，深得先生吴洪星喜欢。吴洪星有个比刘家福大七八岁的儿子吴嘉猷，与刘家福志趣相投，相识不久就形影不离了。吴嘉猷已成年，不再念书，跟村里的篾匠师傅学手艺，下课了刘家福跑去看他，晚上吴嘉猷回来与刘家福一起玩一起睡。吴洪星是吴村乡终南会的头儿，他边教书边暗地里发展会员，觉得刘家福将来是可塑之材，可担重任，又见他与儿子那么投缘，便叫刘家福与儿子结为义兄弟，这样吴洪星就自然而然地成了刘家福的义父。刘家福在吴洪星家待了三年，免费读了三年私塾，与吴嘉猷一起生活了三年。看似一副书生样，但吴洪星也有起事的心思，等时机成熟，他要发动饥民造反。但他知道要造反身上没功夫不行，便通过终南会内线介绍，将儿子吴嘉猷和刘家福送至浦城，拜浦城县终南会武将程铁龙为师学武功。打算今后让俩后生学成回来当教练，教饥民们习武，为起事做准备。一听去学武艺，刘家福乐坏了。那时，已成少年的他心里就有强烈的愿望：学好武艺去报仇！还要去打抱不平！

　　两人跟程铁龙学了三年武艺，刘家福就是这段时间学到了两样真功夫：飞镖六支齐发，能成梅花一朵，镖镖命中；善使一根三十六斤重的铁棒，耍起来泼水不进，又可闻风呼呼作响。吴嘉猷也学到了两样真本领：善使两把"鬼头刀"，舞弄时寒光闪闪，只见其影不见其人，没人敢近身；还有一绝招，将铜钱往空中一抛，天上飞鸟即刻栽下。武艺学成后，吴嘉猷遵父命回乡到吴村乡皮石弄地方，以做篾匠为掩护，暗中教饥民武功。刘家福的心很大，不想囿于皮石弄这块小地方做井中之蛙，他要出去闯一闯。义父吴洪星也不强留，由他去。刘家福记住师父程铁龙的一句话：高手都在深山古刹。告别义父义兄后，他只身赴深山古刹寻访高人，最后拜能掐会算的高人、玉山县九仙山道士祝耀南为师，又学得了内功、为人处世和给人治病的本领。学成后他自以为可以"出山"干一番事业了，便直接去县城找衙门四老爷帮忙，在清兵营求得兵丁一职。可不久刘家福发现上了贼船，清兵营的兵丁都是官府的鹰犬，干的是助纣为虐的勾当，刘家福不愿意欺压百姓伤及无辜者，有时借故躲避，实在躲不掉也只能被动应付差事。一日，县里得密报，称吴村乡出了逆党，又听说逆党武艺高强，县里的十几个衙役都没有功夫，知县周绪一担心衙役难担重任，又知清兵营里的兵勇刘家福功夫不凡，便把刘家福借调来协助缉拿逆党。听说是去缉拿吴村的逆党，刘家福的心里"咯噔"了一下：莫非是……他不敢往下想，心也悬了起来。但命令不可违，他又一想，去看看再说。刘家福和一队衙役跟着捕头去了。

路上，捕头威风凛凛地骑着高头大红枣马，刘家福和十几个衙役跟在马屁股后边跑。一开始刘家福跑得欢，紧紧地咬着马屁股跑。他那么使劲地跑，不是怕掉队挨捕头骂，也不是想显摆一下他比衙役厉害，更不是立功心切。刘家福从浦城终南会武师程铁龙那儿学到硬功夫，后又到玉山九仙山道士祝耀南那儿学到内功和给人治病的本领，同时也学到了心计。此时他紧紧地追着捕头跑，是想从捕头嘴里套出今天要缉拿的逆党是不是自己的义兄吴嘉猷。刘家福边跑边问："捕头大人，吴村乡这么偏僻的地方怎么会有逆党呢，会不会弄错了？"

捕头说："不会有假，有人递了密报。"

刘家福一怔，又问："捕头大人，您知道我们要去抓的逆党是谁呀？"

捕头说："是皮石弄地方的人，叫吴嘉什么的，我这儿有知县给的纸条，你自己看吧。"

捕头从怀里摸出一个折叠的纸条递给他。刘家福展开看，果然是吴嘉猷兄弟！仿佛被当头一棒，脑袋"嗡嗡"响，脚步变得沉重，越来越慢，竟然从领头的落后至几乎队尾。捕头觉得奇怪，扭头大声喊："喂，刘家福，你怎么掉队了？那纸头别丢了，到时要凭它抓人哩。"

刘家福一个激灵，为不引起捕头疑心，刘家福双手捂住肚子，痛苦地边叫着"哎哟"边回应："捕头大人，我肚子疼，跑不动了。"

捕头不知是计，以为刘家福真的肚子疼，假如刘家福不跟上去，即便赶到皮石弄地方也白搭。密报上说得很清楚，逆党吴嘉猷的武功非常了得，刘家福不去谁也镇不住。捕头意识到这点，也只好委屈自己，把马让给刘家福。他勒住马缰，马一声嘶鸣后站住。

捕头朝后面喊："刘家福，来骑我的马吧。"

刘家福摇着手说："您是捕头我是兵，使不得，使不得，你们不要等我，我会跟上来的。"

捕头不悦地说："我把坐骑都让给你了，别再推托了！"

刘家福知道推辞不掉，只好顺水推舟地答应。当他骑上马看着捕头跟着走的情形，刘家福心生一计，装出喜滋滋的样子说："捕头大人，只剩十几里了，大家一定饿了吧，我先去地保家报个信，叫他准备酒菜，你们一到就能喝上酒吃上肉。好不好？"

衙役们连声叫好，捕头挥挥手："快去吧。"刘家福应了一声，策马扬鞭飞驰而去。

前后不到一刻，刘家福的变化如此之大，捕头却丝毫没有怀疑，他想起了"春风得意马蹄疾"这句诗，骑上自己的马本该威风得意嘛。捕头哪知，刘家福骑马先去，不是向吴村乡地保报信叫其准备酒菜，是跑去向他的义兄吴嘉猷通风报信。

刘家福骑着枣红大马到了皮石弄地方吴嘉猷家门，飞身下马正欲夺门而进，不巧与闻声从屋里出来的吴嘉猷撞了个满怀。吴嘉猷见来者是个清兵，不问青红皂白就打，却被对方捉住双手，刘家福大喊："嘉猷兄弟，我是家福！"

吴嘉猷突然收手，仔细一瞧，喜出望外地拍着他的肩膀说："嗬，当上清兵了？我都认不出来了，够威风！今天怎么有闲来看我呀？快请进！"

刘家福一本正经地说："我是来捉你的。快出去躲起来，捕头领着一帮衙役马上到！"

吴嘉猷不解地问："官府为何来抓我，难道我与父亲的秘密组织终南会暴露了？"

刘家福催促道："我没时间向你解释，快躲起来！"

吴嘉猷父亲吴洪星从厢房急步走出，显然他已听见俩人的说话，也催儿子："听家福的，快走！"

虽丈二和尚摸不着头，但义弟和父亲都叫他快跑，吴嘉猷只好往屋后山上跑去。

吴洪星叫刘家福进屋坐坐，刘家福告知，捕头和衙役马上就到，不可久留，只告诉他有人向官府告密，称吴嘉猷图谋造反，是逆党。吴洪星欲问个明白，刘家福却匆匆告辞了。

刘家福骑着大红枣马威风凛凛，村民没认出是他，以为是清兵来村办事的，村民怕清兵，纷纷躲避。刘家福来到吴村的地保家门口，地保马上出门迎接。刘家福吩咐：“我们受官府之命前来捉拿逆党，捕头叫我先来一步通知你，准备酒菜，捕头与十二名衙役随后便到。明白吗？”

地保向刘家福拱手作揖：“明白！我这就去准备。您先坐会儿，喝口茶。”

刘家福不客气地坐下喝茶，心里窃喜：等你捕头一行赶到，我义兄吴嘉猷早没踪影。此次义兄运气好，要不是捕头被我蒙骗借我一马先到一步，恐怕义兄难逃厄运了。

待捕头一队人马赶到，恰好地保的酒菜做成。捕头见刘家福坐在地保家中悠闲地喝着茶，急问道：“逆党可在家？”

刘家福说：“在，我侦察过，不敢惊动他。”

捕头把长矛一搁，又揭下帽子，说：“饿得路都快走不动了。先吃饭，再去抓逆党。”

地保摆了两桌，酒菜端上来，众衙役纷纷放下武器和帽子，随捕头坐下，斟上酒，便开怀畅饮起来。

酒过三巡，捕头发起了牢骚：“新塘边的地保财主姜仕凌真不是东西，一封密信就叫老子跑断了腿，饿得前胸贴后背！”

刘家福附和：“是的，姜仕凌想立功领赏呗。”

一旁的地保问：“这么说是姜仕凌告的密？我本地的都不知道有逆党，他一个邻地的怎么知道？真是神了。”

捕头说：“既然来了，管他是不是先抓了好交差。兄弟们快点吃，吃饱去抓逆党！”

众人：“是！”

吃饱喝足，地保带路，喝得半醉的捕头率东倒西歪的众衙役直扑吴嘉猷家。可哪有吴嘉猷的影子？自然扑了个空，捕头骂骂咧咧，只好打道回府。

缉捕逆党失败，捕头被免职。当然捕头没放过刘家福，说刘家福使计骗取他的坐骑先去向逆党通风报信，虽刘家福不承认直呼冤枉，但知县周绪一仍开除了他。

刘家福脱下清兵服返回吴村，与吴嘉猷去新塘边找地保财主姜仕凌算账。姜仕凌不得不向刘家福和吴嘉猷下跪，交待为何要陷害吴嘉猷，暗中向官府密报吴嘉猷是逆党。姜仕凌向吴嘉猷认错道歉，他说是场误会，都怪他立功心切，陷害了吴嘉猷，恳求原谅。

原来两天前新塘边的地保姜仕凌来吴村乡地保家串门，在路上遇见吴嘉猷，吴嘉猷光着背，走路像一阵风，姜仕凌觉得这后生不寻常，便多看了两眼，发现他的背上有个暗印，仔细一看，倒吸了一口冷气，居然是条龙！只有皇帝身上的龙袍绣了龙，谁也不敢在自家身上弄上龙图，这小子莫非想造反当皇帝？他便不动声色地向吴村乡地保打听这后生是谁，得知后立马回家写了封密信，叫人送到知县周绪一手中。周绪一一看，吴村的吴嘉猷背上居然有"真龙现身"，联想到不久前"三山（江山、常山、玉山三地）出天子"的传言，不敢马虎，立马出签抓人。

吴嘉猷当即脱下破褂子把光脊背给姜仕凌看，厉声问道："睁开你的狗眼，好好看看，我背上有真龙吗？"

姜仕凌说："没有，是我人老眼花看走了眼。"

吴嘉猷恼怒地一脚把他踹地上，啐了一口："狗东西，害人精！"

姜仕凌吓得直呼"饶命"。刘家福给义兄递眼色，意思是放他一马。吴嘉猷放了他，与刘家福回皮石弄家了。

路上，刘家福与吴嘉猷讲，按我的脾气一刀就宰了他，可我们都在准备起义，所以能忍则忍，否则小不忍则乱大谋。吴嘉猷点头称是。刘家福说，还好姜仕凌没告你父子结党谋反，不然就真的遭殃了。

刘家福觉得姜仕凌说曾见过吴嘉猷背上"真龙现身"，不像无中生有，此事蹊跷，问他是怎么回事。吴嘉猷忍不住哈哈大笑，说那只是篾席上的印而已。原来吴嘉猷擅长在篾席上编龙凤花卉图案，吴嘉猷自己睡的篾席上就有一条龙的花纹，他睡觉时喜欢光着身子，不知不觉他的背上便印上了篾席中的龙的花纹图案了。不承想被姜仕凌看见了，便以吴嘉猷背上"真龙现身"为由，断定吴嘉猷有谋反之心，遂向县衙密报，以为抓了吴嘉猷他就可立功领赏，殊不知他分文奖赏没领到，反而栽在吴嘉猷手里，还害了捕头一帮人白跑一趟，捕头遭免职，刘家福被开除，于人于己都没好处，造孽！刘家福哭笑不得，他开玩笑说："嘉猷兄，既然你身上'真龙现身'，倒是个好兆头，预示我们将来起义后你能成为真龙天子哩。"

吴嘉猷摇着头叹道："我可不敢有这想法，要是我们起义真的成功，要当皇帝的该是你啊，我吴嘉猷没这福分。"

刘家福说："你我是结拜兄弟，不分你我，若有龙椅坐，你我轮流坐。"

两人异想天开地说了一阵子。出了这等事，刘家福与吴嘉猷吸取了教训，懂得以后该谨慎从事。

刘家福在吴嘉猷家住了两天，到私塾拜过义父吴洪星后告辞，此后数载刘家福与义父义兄断了联系。

十

　　此次刘家福突然带着三个兄弟登门造访，吴嘉猷又惊又喜，激动得相拥击掌，相互问好。刘家福向吴嘉猷介绍了三个随从兄弟徐培扬、周东华、吴如海。刘家福率饥民抢了县城何六师的万昌米行和清湖张老七的老七米行的事吴嘉猷也听说了，他直夸刘家福有种。刘家福还告诉他自己和几个兄弟抢了两大米行后为躲避官府的缉拿，如何一路逃至九牧，如何与吴老板合伙开店又开武教馆，暗中结交义士，练枪习拳，积聚力量，并识破两个密探，成功"借"得渔粱营百余件兵器及两门过山大炮，本想准备起义，但问过道士祝耀南认为不可，因刘家福太公坟前两棵柳树的柳条还差一掌才到水面，所以时机尚不成熟，要等天时、地利、人和三者具备才可起事，估计要等到中秋之时等经历。吴嘉猷简直对义弟刮目相看了，几年不见，义弟竟干出了这番事来，太厉害了，不得不佩服。他完全赞同刘家福的观点，起义大事不可操之过急，天时地利人和三者缺一不可。吴嘉猷也介绍了他父子俩所在的终南会的情况：目前会员已发展至四百余人，三分之一练过武，采取外松内紧政策，平时会员们各忙各的事，需要召集时通过各组内线传达能迅速赶到。吴嘉猷也在积聚力量，等待时机起事。刘家福与吴嘉猷约定，双方不论谁先起事，另一方都要密切配合予以支援。两人暂定中秋举旗起义。接着还与三个兄弟一起详谈今后可能进攻的路线与遭遇，并形成初步的合攻策略。

刘家福一行返回九牧后，询问几个兄弟有无异常，得知仍平安无事，刘家福松了口气。此后按兵不动，照常行事。不过自"借"了渔梁营的兵器之后，刘家福心里一直搁着块石头，因为说是"借"实际上就是抢，总担心渔梁把总许达佬会来报复。

　　许达佬的确想收拾强"借"兵器的刘家福，无奈现在自己手上已无兵器，刘家福又兵强马壮，非得动用全县兵勇才能对付，他如何能办到？况且这等辱没名声的丑事他岂敢张扬？"借"兵器事件发生后，他不敢离开渔梁营一步，也不准所有官兵外出。但世上没有不透风的墙，消息还是传到浦城知县翁天佑的耳中。为证实传言，翁天佑特派自己的外甥董德汉去渔梁调查。董德汉是个花花公子，吃喝嫖赌样样在行，许达佬认识他，得知来调查"借"兵器一案的官员就是他，许达佬悬着的心放下一大半。董德汉一到，许达佬便设宴为他接风洗尘。桌上摆满山珍海味和美酒佳酿，身边坐着一位陪酒的美女，董德汉满心欢喜，只轻描淡写地提了下调查刘家福"借"兵器之事。董德汉居然说人家只是借嘛，又没攻打兵营，还幼稚地说，有借有还，到时刘家福把兵器还掉就是了。董德汉的话正中许达佬下怀，许达佬感激不尽。吃饱喝足，许达佬自然安排董德汉去渔梁唯一的妓院怡心苑逍遥了。怡心苑老鸨还在妓院里设了赌局，这样董德汉在怡心院就可吃喝嫖赌了。董德汉乐不思蜀，把调查刘家福"借"兵器这件要事抛到了脑后。如此花天酒地地过了五天，等翁天佑派人来催他才恋恋不舍地告辞。临别时，许达佬把两根金条放董德汉手里，让他在舅舅翁天佑面前美言几句。董德汉把两根金条放进自己口袋，肯定地说会在舅舅面前美言几句，把事情摆平。

董德汉回到浦城县衙见了舅舅翁天佑知县，谎称刘家福只"借"走一部分兵器，兵库里的许多兵器和两门过山大炮还在；而且还煞有介事地说刘家福还留下借条，半年后归还。翁天佑半信半疑，但想到刘家福现在兵强马壮，手里又有武器，不好惹，只要他不来浦城犯事，尽量不去惹他。此时就这样草草了结，刘家福没等来许达佬报复的原因就在这里。

而离九牧仅二十多里的江山县廿八都镇设有的浙闽枫岭营，却也没为难刘家福。游击把总薛东魁是个聪明人，刘家福虽是江山人，但"借"的是福建浦城那边渔梁兵营的武器，廿八都与九牧隔着好几道关呢，只要刘家福不来找他的麻烦，他也不会去找刘家福的麻烦，他需要的是与刘家福相安无事，所以他装聋作哑，就当什么事也没发生过。刘家福想的与薛东魁一个意思：我"借"的是渔梁营的兵器，既然渔梁营的许把总都没报复我，你廿八都枫岭营的薛把总敢逞能与我作对？况且我刘家福兵强马壮今非昔比了。料定他不会出兵，所以刘家福也就高枕无忧了。

离约定起义时间中秋尚有三个多月，但刘家福已与十八个兄弟在厉兵秣马了。本来刘家福在九牧弄出的动静够大的了，作为清政府一个地方哨汛——九牧哨汛的外委把总陆虎，为何放任不管？陆虎是个体恤百姓的好军官，他虽身居哨汛要职，但也看清腐败政府的本质，只是他没有刘家福的勇气和胆略起来造反，他能做到的是欺上瞒下，暗中支持刘家福，不仅不为难刘家福，还主动把军粮和军饷借给刘家福，名义上借实际上是送。这让刘家福感激不已。有这样一位握着军权的地方官员支持，刘家福的队伍迅速发展壮大。

刘家福与义兄义父见过面并约定中秋共同起事，义兄吴嘉猷和义父吴洪星也在吴村乡当地厉兵秣马了，并开始发动饥民与土豪劣绅对抗。但吴洪星父子所处的环境复杂，吴村乡及附近的财主劣绅视之为眼中钉、肉中刺，总想找茬让官府来治吴洪星父子。吴村与江山各地一样已连续几年大旱，村民饿得咽野菜啃树皮了，吴村乡的劣绅吴氏祠堂头目吴善高却强逼村民交祠租，吴洪星父子带头抗交，吴善高早已发现吴洪星父子暗中发展终南会会员，有谋反之意，遂与新塘边地保财主姜仕凌密谋去县衙告发。姜仕凌因曾告发吴嘉猷"真龙现身"被吴嘉猷羞辱过，对吴嘉猷怀恨在心，一直伺机报复，狡猾的吴善高想借外村人之口告发吴洪星父子，便找到了吴嘉猷的仇人姜仕凌。他俩密谋告发吴洪星父子不是抗祠租这么简单，告的是吴村终南会的首领吴洪星秘密屯兵养马发展力量伺机谋反。那时北方南方都不断传来农民起义传闻，且又是光绪廿六年闰八月，民间谣言四起："闰八月，清朝灭。"各级官府都不敢掉以轻心，所以向官府告发谋反，一告一个准。上次姜仕凌告发的吴嘉猷"真龙现身"属子虚乌有之事，但知县周绪一派捕头率众衙役前去捉拿，可是用错了人，本想让武艺高强的刘家福帮助缉拿，结果刘家福帮了倒忙，让义兄吴嘉猷顺利逃脱。此次吴善高与姜仕凌同往县衙告密，知县周绪——听是终南会头领吴洪星想造反，竟不由得紧张起来，立马出签抓人。

捕头率一帮衙役赶到吴村乡皮石弄地方，很快把吴嘉猷的家围住了。正是吃午饭的时候，当时吴嘉猷在邻村家做箩器吃东家饭不用回来，吴洪星刚从私塾回来，一个教书先生哪敢得过这帮官兵，而终南会也来不及召集会友救人，吴洪星就被衙役们五花大绑押往县衙。等终南会会友跑去报告吴嘉猷，吴嘉猷赶回家时，父亲早被衙役们押走了，吴嘉猷气得一拳打在土墙上，土墙出了一个大窟窿。吴嘉猷咬牙切齿地发誓："现在不反，更待何时？反了！"

终南会头领吴洪星被抓，吴洪星之子吴嘉猷自然被众人推举为新头领。吴嘉猷马上召集终南会骨干商议起义之事。吴嘉猷的堂兄弟吴嘉平、吴嘉欣也是吴村乡终南会骨干，还有一个骨干是刘家福老家大桥枣垅地方的刘炳禄，这三个骨干都主张直接去县城劫狱救人，然后干脆举行起义。亲叔被抓了，吴嘉平、吴嘉欣兄弟劫狱救叔义不容辞；刘炳禄本不是吴村乡终南会会友，更不是终南会骨干，甚至原本与吴嘉猷也不认识，他是为了感恩才加入吴村乡终南会的。

一年前刘炳禄的老婆挎着一只篮子去吴村乡佛堂地方的山上采野菜，本不该去那么远的地方采野菜，因为枣垅地方周围山上的野菜都被饥民采光了，只好舍近求远去采了。佛堂山上确实有野菜，当刘炳禄老婆欢天喜地采了一篮子野菜下山的时候，碰上了佛堂村的恶霸吴林春。吴林春责问刘炳禄老婆为何要跑到他地方的山上采野菜，见她有几分姿色，又无旁人，便见色起意，去抱她亲嘴。刘炳禄老婆死活不肯拼命反抗，无奈色狼力大无比难以挣脱，被他强行拖往山上，妇人边挣扎边哭喊。此时恰巧被从东家回来的吴嘉猷碰见，吴嘉猷大声断喝："住手！想干什么？放了她！"吴林春见好事被一个生人搅了，恼羞成怒，破口大骂："别狗拿耗子，滚开！"吴嘉猷冲上去，一拳就将吴林春打趴下，将妇人救下。妇人下跪感恩，吴嘉猷扶起她叫她快走。妇人问他姓名，吴嘉猷报之姓名。妇人丈夫刘炳禄后听说吴嘉猷在秘密发展终南会会友，便主动参加了，并成了终南会的积极分子。

但有几个不赞成，其中一个就是刘家福的大哥刘金旺。刘金旺认为吴嘉猷与刘家福相约八月中秋共同起义，时机未到，若吴嘉猷单方面起义会打乱全盘计划，后果不堪设想。父亲谋反，而谋反乃灭族之罪，必死无疑，吴嘉猷的心情与两个堂兄弟和刘炳禄一样，非立即去劫狱救父亲不可，否则就来不及了。但与义弟刘家福的起义约期吴嘉猷不敢不顾，他即刻与刘金旺两人奔赴九牧。

刘家福见义兄吴嘉猷和哥哥刘金旺风风火火地赶来，甚为惊讶。得知他俩的来意，刘家福立即想到九仙山的道士祝耀南带他去太公祖坟，看见柳树的柳条要到中秋才触及水面的情景，犹豫起来。他说："嘉猷兄，你父即我义父，如今入了大狱，我也与你一样万分焦急，恨不得拉起队伍去劫狱将义父救出。可现在去劫狱等同于起义，时机尚未成熟，该三思而行。"

吴嘉猷大为不悦："倘若等到中秋再行动，家父早已问斩，鬼魂已不知何处。眼前时势是，腐朽没落的清政府摇摇欲坠，北方'义和团'运动轰轰烈烈，南方我等揭竿而起与之呼应，义旗所指何敌不摧？同心所攻何城不破？清官府首尾不能相顾，真乃'天时、地利、人和'皆具备也。"

吴嘉猷又说："愿不愿与我一同起义由你，反正我心已决！"

刘家福迟疑片刻，终于狠下决心："既然义兄心已决，我也不拖后腿了。不过，最好还是准备更充分些。"又说："可否考虑另寻办法？不如使钱买通上下，如此不必兴师动众，既可救义父，又有时间做准备。"

吴嘉猷觉得有理："这也是一个办法。可我已被县衙缉拿过，不敢露头，托谁去打点呢？"

刘家福思忖片刻，说："县衙里的四老爷与我私交甚好，如今我是被县衙通缉的要犯，不知四老爷是否还念及旧情。不过可以一试，我写封信，再派人将信与黄金一同交给四老爷让他转交，成不成在此一举。"

又说："我想把这项差使交给'傻子壳'毛允本，他是官府信差，合适。"

吴嘉猷点头称好。刘家福当即写了一封信，叫管账本的吴老板取来两根金条，吩咐吴如海："火速去一趟县城，把这两样东西交给毛允本。"吴如海把信和金条收好，即骑上刘家福从渔梁营"借"来的枣红马，连甩两鞭飞奔而去。

当天傍晚，吴如海风尘仆仆返回九牧，带回的话让人沮丧。吴如海找到毛允本，毛允本把刘家福的信、两根黄金转交到四老爷手上。四老爷看完信，寻个机会将刘家福送的两根金条转送给知县周绪一，恳求周绪一开恩放了吴洪星。周绪一收下两根金条，但说的话却杀气腾腾："好哇，吴洪星的家人送来两根金条，正是吴洪星逆党去阴间地狱的买路钱。不过，老爷我可以让吴洪星多活一个月，秋后问斩！"四老爷把话传给毛允本，毛允本又传给吴如海。吴嘉猷肺都气炸了："周绪一这条恶狗，我要亲手宰了他！"刘家福的话掷地有声："举兵起义！"

刘家福立即召集在九牧的部分"十八兄弟"，与吴嘉猷、大哥刘金旺一起商量起义事宜。商议结果，刘家福这边的起义时间择三天后的六月十八日，以暗合"十八兄弟"；出发地选为九牧九龙正凤山。吴嘉猷与刘家福约定："贤弟，今日起，十日为限，我一定率众人前来接应。"言毕与刘金旺一同返回吴村乡。

十一

　　"十八兄弟"全部召回，并与玉山九仙山道士祝耀南取得联系。祝耀南虽不赞成马上起义，但事出有因，刘家福又非常坚决，也就没有阻拦，也不提刘家福太公祖坟柳条触不触水面之事，并表示在刘家福起义之后，他会适时策应，与刘家福会合。

　　起义在即，刘家福吩咐"十八兄弟"分头秘密联络挑夫、侠士、豪杰及当地饥民，让他们于六月十八日前赶至九牧参加起义。刘家福暗中私会九牧汛外委把总陆虎，告知起义计划，希望得到响应。陆虎痛恨清政府腐败没落，表示只要刘家福举兵起义，他将率汛营兵士投靠刘家福。不料，隔墙有耳，刘家福与陆虎密谋起义的消息被副外委把总听了去，副外委把总连夜逃往渔梁营向把总许达佬报告。许达佬大吃一惊，欲派人去向浦城知县翁天佑禀报，但转念一想，刘家福已"借"了渔梁营的所有兵器，还有两门过山大炮，而且刘家福有言在先，只要同意"借"就不会伤及渔梁一兵一卒，况且渔梁营已有兵器出借，所以刘家福没理由攻打渔梁营，攻打渔梁营捞不到什么好处。既然刘家福不攻打渔梁营，为何要向浦城知县告发？万一知县翁天佑派兵来镇压，被刘家福抓住了把柄，我许达佬岂不引火烧身，还有好果子吃吗？想到这些，狡猾的许达佬让副外委把总先回九牧盯住外委把总陆虎，他会派人去浦城禀报翁知县。副外委把总信以为真，可他返回九牧时，被陆虎的手下捉住，陆虎命手下送至挑夫客栈交刘家福处置。刘家福决定拿向官府通风报信的副外委把总开刀，先把他关进来，等六月十八日举旗起义时处死他祭旗。

令刘家福喜出望外的是，浦城终南会的师父程铁龙趁夜黑拉来一帮兄弟；两天后举行起义祭旗仪式之时，九牧外委把总陆虎也率部前来九龙正凤山向刘家福报到。还有一喜，吴老板向刘家福表态，原本与刘家福三七分成的经营所得一分都不要了，也算对义军的一份贡献。

准备工作紧锣密鼓地进行。刘家福分封"十八兄弟"和程铁龙为义军的众头领，紧急编排义军队伍，清点分发武器，同时派人买布匹赶制包头和四面战旗。因需要购买大量布匹，九牧布行老板已猜到刘家福的起义之用，害怕受牵连，不敢出售，以缺布为由拒绝售卖。此事归后勤管，管后勤的是"十八兄弟"之一的毛歪头，买布的回来向他报告，毛歪头气得一拍桌子，骂道："狗东西，敬酒不吃偏要吃罚酒。好啊，他不卖，我们干脆不用给钱了，去抢！"毛歪头带着一班人马冲进布行见布就抢，布行老板哭爹喊娘，眼睁睁地看着一捆捆布被义军抢走。毛歪头带着抢来的布来到染布坊，染布坊老板欣然接活，加班加点地赶；晾干后求助裁缝店，裁缝店老板不敢说个"不"字，赶紧安排师傅制作战旗和头巾。

起义前一天，四面战旗制作完成。白底色，四周各镶有锯齿形花边，每面的花边颜色不同，分红、黄、橙、蓝四种；旗面上绣着红黑两色的字，红色的是"保主灭洋"四字，黑色的是"九龙正凤山"五字。这旗上的字，还是刘家福的师父玉山九仙山的道士祝耀南写的。祝道士提醒不能直接打着"保主灭

清"的旗帜，因为刘家福的力量犹如摇篮里的初生儿，容易被
扼杀，要采用瞒天过海的计策，"主"也可理解成"我清朝"，
"洋"是在中国兴风作浪的洋人，也是清政府最痛恨和头痛的
人，打"保主灭洋"旗号会麻痹官府，有利于发展壮大起义军
力量，与义和团的"兴清灭洋"的口号如出一辙；因起义出发
地定在九龙正凤山，此山名吉祥且有帝王之气，遂取此山名作
旗号。

正式起义的前一天晚上，江山挑夫、当地饥民和四方豪杰
义士等四五百人汇集于九牧九龙正凤山，也许慑于起义军的威
势，当地财主老板纷纷向起义军捐献粮食、财物，有个地主还
送来了四头大肥猪，还有一个地主送来一头牛和一只羊。刘家
福留了一头作翌日祭旗之用，另三头当场宰杀犒劳义军。当晚
九龙正凤山上人山人海，群情激昂，喧哗如雷，大有"力拔山
兮气盖世"之势。刘家福让义军们吃饱喝足后好好休息，养精
蓄锐，待明日起事。为防止有人通风报信，刘家福设了南北所
有通道的明暗岗哨，实行宵禁，起义之前所有人一律只准进不
准出，违者格杀勿论。三更半夜，有个财主竟偷偷出去报信，
被哨兵发现后，当场一刀毙命。

光绪廿六年农历六月十八日凌晨，启明星刚露脸，起义军
就在九龙正凤山举行隆重的祭旗仪式。战旗猎猎，篝火熊熊，
"十八兄弟"全部到齐，头扎红布巾的四五百义军布满山岗野
岭，看上去红彤彤的一片。桌上的十八只海碗满上酒后，担任
司仪的徐培扬高声喊："祭旗仪式开始！"刘家福端起一碗，
喊："兄弟们，我们一起发誓！"

"十八兄弟"端起了酒碗。

刘家福高喊："打倒腐败官府恶霸，救我饥民！"

"十八兄弟"和义军们山呼海啸般响应："打倒腐败官府恶霸，救我饥民！"

刘家福又高喊："刀枪相见，死不足惜！"

"十八兄弟"和义军们山呼海啸般响应："刀枪相见，死不足惜！"

誓毕，刘家福和"十八兄弟"大口喝酒，喝毕，十八只碗全被摔成碎片。

接着司仪高喊："上祭品！"

刘家福命人将那个被五花大绑的奸细副外委把总押上断头台，被捆住的一头大肥猪、一头牛和一只羊也同时被抬至战旗下。副外委把总吓得浑身直打战，义军们高喊着："杀了他，杀了他！"

司仪高喊："鸣礼炮！"

礼炮三声之后，司仪高喊："斩杀祭品，祭旗！"

刘家福一声令下："砍！"瞬间人头落地，血喷如泉；猪、牛、羊被宰杀，血流如注，顿时地上鲜血流淌，义军们举着各种武器山呼海啸般欢呼起来。

司仪立喊："祭祀上天，求降福运，攻无不克！"

四个旗手挥舞着四面大旗，刘家福大声宣布："我们叫红巾军，现在开始起义！"

起义军的众头领早已商定了进攻路线，先攻克仙霞关。

仙霞关地处浙闽交界的仙霞岭，唐宋以来便是"里通福建外通京"的重要官道，史有"南服之雄""东南天险""一夫守关、万夫莫敌"之称。岭南岭北不足二十里却有五道关口，每道关口用巨石条砌筑而成，如铜墙铁壁坚不可摧。刘家福派人探得以下情况：五道关口驻扎了八十名哨兵，每道关口有十五六名清兵把守着；南面的岭脚是廿八都镇，枫岭营把总薛东魁的官邸和清兵的营房就在廿八都镇上，镇上还驻扎了近六十名清兵。根据义军进攻路线，要反出江山，必须打通仙霞关，而要打下仙霞关，就得先攻克廿八都镇。经缜密部署，起义军兵分四路：一路，由程铁龙带十人扮成樵夫，各挑一担干柴，柴内夹带短刀，混入廿八都，伺机放火烧营；二路，由吴如海带两百人从官道佯攻廿八都水口上的水安桥，牵制枫岭营清兵；三路，由周老虎率一百五十人埋伏在廿八都镇附近山坳里，一见廿八都起火，就接应程铁龙袭击敌营；四路，由刘家福亲自率领二十名精兵悄悄抄山路越过廿八都，埋伏在仙霞关首关梨岭关两侧，俟机夺关。各路约定炮响为号，即时行动。

刘家福骑上枣红大马，背上插着一把大刀，威风凛凛，俨然一位将军，率领红巾军顶着晨星，踏着月色和露水神不知鬼不觉浩浩荡荡地向廿八都进发。

但红巾军的动静仍惊动了驻廿八都镇的枫岭营把总薛东魁。先前听说刘家福抢了江山县城和清湖镇的米行后，被官府通缉逃往九牧，不到一年就聚集了那么多人，先抢了渔梁营兵器，现在又竖旗起义，首当其冲的是廿八都，廿八都离九牧仅四十里路，步行半日就可到达，而廿八都离江山县城一百三十里，等待援兵已无可能。他知道刘家福红巾军的厉害，吓得如热锅上的蚂蚁，惊慌失措，他连夜召回仙霞关哨长卜知铭商量对策。哨长卜知铭倒比他沉着有主见，认为刘家福起义军想攻克仙霞关必定要先拿下廿八都，而水安桥隘口是进攻廿八都的必经之地，建议由薛东魁亲自镇守水安桥隘口，卜知铭需增兵加强巡防。卜知铭给薛东魁打气鼓劲，说刘家福的红巾军都是一帮泥腿子，乌合之众，没什么可怕的，廿八都肯定攻不进来。薛东魁仿佛吃下了定心丸，他采纳了卜知铭的建议，马上调兵遣将，亲自率重兵前往水安桥隘口镇守。

水安桥雄踞于枫溪之上，枫溪两边是悬崖峭壁，中间溪水湍急，是天险屏障，如今又有重兵把守。只要守住水安桥隘口，刘家福休想攻进廿八都。薛东魁洋洋得意地喝起了酒。

未到晌午，由程铁龙带领的一路军抵达廿八都，他们各挑着一担干柴，在快到廿八都水安桥时，遇到一个砍柴回家的廿八都人杨秋山。杨秋山是廿八都一大户人家的家丁，程铁龙恳请他帮忙蒙混过关。杨秋山对刘家福敬佩有加，听说刘家福即将攻打廿八都，便一口答应下来，并恳求参加刘家福的红巾军，程铁龙也爽快地答应了。杨秋山带着程铁龙一帮人来到水安桥头，两个哨兵认识杨秋山，但不认识程铁龙等十人，盘问他们是干什么的。杨秋山说是东家要办寿宴叫他到外面买柴送上门。若在平时两个哨兵不会为难他们，现在风声鹤唳，十分警惕，不轻易放行，其中一个哨兵欲去向在另一端桥头旁的厢房喝酒的薛东魁报告。这时程铁龙拿出四块银圆递给一个哨兵，叫他俩拿去喝酒，这个哨兵收下四块银圆，叫住了去报告的哨兵，分给他两块银圆。程铁龙带着兄弟们挑着柴快速通过水安桥，幸亏没被在桥头厢房里喝酒的薛东魁看见。

不久，由吴如海带领的两百人的二路军逼近水安桥，这支头扎红巾的红巾军队伍浩浩荡荡，前有两个壮汉擎着两面大旗，后有四个壮汉扛着两门过山炮。威势赫赫。水安桥的哨兵只看到队伍和两面大旗，看不到队伍后面的两门过山炮。哨兵向薛东魁报告："把总大人，刘家福的红巾军离水安桥只一里了。"薛东魁喝了口酒，冷笑道："哼，一帮'红脚梗'也敢和我们打？不自量力！"他出来给士兵鼓劲："兄弟们，精神点，到时活捉了他们，回营赏你们喝酒抽大烟！"水安桥两头悬崖上的士兵们举着长矛、长短枪高兴得大喊大叫："好哇！好哇！"

正当吴如海带领的二路军直扑水安桥之际，周老虎带领的有一百五十人的三路军在离廿八都营地半里的树林里埋伏下来；刘家福带领的有二十名精兵的四路军也已悄悄地绕过廿八都，埋伏于仙霞关两翼。

四路义军全部到达了指定地点，只等一声炮响。两门过山炮在吴如海的二路军里，他们在离水安桥半里的地方停止前进，架好大炮，并做好开炮准备。此时水安桥这边的薛东魁见红巾军停止不前，以为红巾军怕了，得意地说："你们瞧瞧，都是怂包蛋。我说过嘛，对付这些'红脚梗'，不在话下。"

就在薛东魁得意忘形的时候，吴如海一声令下，"轰隆！""轰隆！"两门大炮突然齐发，只见上空一片火光，炮弹呼啸而至，一颗落在枫溪下，炸起水柱三丈高，另一颗在水安桥头一丈远处炸响，当场炸飞两名清兵，其余守兵吓得屁滚尿流缩回桥上。薛东魁一下子被炮声轰昏了头，也吓得躲到士兵后面，命令士兵："不许后退！顶住，顶住！"这时吴如海率领士兵们喊着杀声冲过来了，清兵们正欲负隅顽抗，却又传来惊叫声："不好啦，兵营起火了！"薛东魁回头一看，果然兵营方向黑烟滚滚，火光冲天，把兵营上空烧得通红。顿时守兵乱作一团，薛东魁也吓得如热锅上的蚂蚁，不知先顾哪头。想到兵营的官邸里有老婆孩子和家产，急忙命令留下一部分清兵守桥抵抗，其余都跟他去救营。薛东魁一走，留下的十几个清兵完全被红巾军吓破了胆，都举着枪矛投降。红巾军轻而易举地占领了水安桥，缴了清兵的枪和矛，吴如海留下几人看管他们，率领红巾军杀向兵营。与此同时，埋伏在离兵营最近的山坳里的三路军首领周老虎听见炮声又看见火烧兵营，马上出击，跳下枫溪齐蹚水而过，对岸只有两个守兵，早被红巾军的阵势吓跑了。红巾军的三路人马齐向兵营袭击，杀声震天，薛东魁的部队本已惊慌失措，后有吴如海的红巾军追杀，半路上却又被周老虎的红巾军堵截，两面受敌进退维谷，成了困兽，挤作一团。此时薛东魁才知中计，哪敢恋战，慌忙弃枪丢马，脱了官顶马褂落荒而逃。

清兵见把总逃命，成了一群无头苍蝇四处乱闯，相互拥挤践踏。红巾军勇猛激战，如砍瓜切菜将清兵杀掉一大片，不到半个时辰就结束了战斗，红巾军大获全胜。红巾军士兵只牺牲了五人，杀死清兵五十六个，俘虏清兵近百名，缴获了大量兵器。红巾军的一路、二路、三路人马在廿八都枫岭营胜利会师。

再说刘家福率领的四路军早已埋伏在仙霞关第一关两侧。仙霞有四道关口，首关梨岭关雄伟坚固，夹在险峻的峰峦之间，易守难攻，不可强攻，刘家福等待着攻打的最佳时机。仙霞哨长卜知铭估计刘家福会先攻打首关梨岭关，便坐镇首关，严加防守。刘家福和队友们监视着关楼上清兵的活动情况，而在关楼上卜知铭也正观察着关下有何动静。忽闻山下传来隆隆的炮声，只见廿八都镇上一片火光，知道刘家福的红巾军在攻打枫岭营，唯恐薛把总的部队难以抵挡敌军，急忙传令集合，火速下山增援。关上只留几个士兵，其余都跟着卜知铭下了山。刘家福看得一清二楚，等卜知铭领着一队清兵走出一段路后，刘家福立即下令攻打守关的士兵，关上守兵仅四个，两个清兵冲出关门时，刘家福"嗖嗖"飞出两镖，关楼上的两个士兵立马扑地，关楼上另两个清兵欲端枪顽抗，刘家福朝他俩喊话："如果想活命就放下武器，否则要你俩的狗命！"见另两个士兵被刘家福的飞镖轻而易举地击毙，关楼上的两个士兵知道刘家福的厉害，吓得举枪投降。刘家福带着二十名精兵轻松地夺下了首关。

刘家福心生一计，令一名俘虏追上卜知铭，报告刘家福欲攻打梨岭关，逼他回关。刘家福留一俘虏在关楼上作诱饵，自己率精兵埋伏于关下两侧。不一会儿，卜知铭带着二十多名清兵杀回来，远远见关楼上只一个士兵，疑窦顿生，停止前进，向关楼上大声问话："喂，那几个伙计去哪了？"关楼上士兵回答："他们追红巾军去了！"卜知铭信以为真，继续前行。不料，路边突然杀出一队人马，个个武艺高强，转眼就把毫无防备的清兵杀掉一半，卜知铭也被刘家福制服，只好投降。刘家福问他想不想活命，卜知铭鸡啄米似的点头，称只要能活命，叫他干什么都行。刘家福命他带红巾军去第二道关——枫岭关。到枫岭关关口时，让他向关楼上喊话，叫部下投降。守卫枫岭关的小哨长听从卜知铭，命守关士兵缴械投降；接着第三关太平关也不攻而破。可是到了最后一个大关仙霞关，关楼上的小哨长十分顽固，凭借固若金汤的雄关和重兵把守，有恃无恐，叫嚣着要与刘家福的红巾军决一死战。刘家福见此计不成，又生一计，不过此计风险极大，刘家福想把卜知铭放了，让他去命令小哨长放弃抵抗投降。刘家福带来的二十个精兵都反对，说此举是放虎归山。刘家福自信地说他相信卜知铭。可卜知铭走到关门时，小哨长大骂"叛徒"，拿过士兵手中的箭，放出一箭就结果了卜知铭的性命，还扬言，假如刘家福的红巾军敢近前格杀勿论。小哨长的狂妄令刘家福怒不可遏，他恨不得飞身上关楼一拳揍扁小哨长，但仙霞大关关楼上有二十五个士兵把守，他们手中有长枪和弓箭，不可强攻，只能智取。刘家福暂时撤退下来，另谋计策。

此时，红巾军的一路、二路、三路已在廿八都镇胜利会师，他们打扫了战场，缴获了大量武器，让近百名俘虏选择去留，除几名老弱的士兵回家外，其余士兵都愿意参加红巾军，队伍迅速壮大，当地的贫民们纷纷加入，红巾军达到近千人之众。按原来安排，会师后的部队暂时由刘家福的师父程铁龙统一指挥。程铁龙率大部队向仙霞关进发。刘家福撤离仙霞关不久，在路上与程铁龙率领的大部队相遇。见望不到头的义军部队，刘家福欣喜不已地高呼："打败清军，活捉薛东魁！"义军们跟着高呼起来："打败清军，活捉薛东魁！"

刘家福暂时撤离仙霞关是为了寻求计策，如今黑压压的大部队开进了仙霞关，大有泰山压顶之势，区区一个关楼二十五个清兵，非吓破胆不可，可"不战而屈人之兵"。刘家福骑上枣红大马，率领义军雄赳赳气昂昂地向最后关口仙霞关挺进。

仙霞关关楼上的小哨长见望不见尾的大队人马开进来，领头的是骑着马威势赫赫的刘家福，果然吓得不敢贸然进攻。逼近关口时刘家福朝他们喊话，令他们赶快缴械投降，否则将他们杀个片甲不留！小哨长犹豫不决，士兵们都劝小哨长不要把鸡蛋往石头上碰，否则自取灭亡。但小哨长只犹豫了一会，顽固不化的本质最终让他举起了枪下令："伙计们，和他们拼啦！"顿时，火枪弓箭朝红巾军队伍齐射，刘家福大喊："隐蔽！"可有两个义军的士兵来不及躲避被枪和箭射中。刘家福怒火心中烧，下令向关楼开炮。炮手将过山炮架好，将炮口对准关楼，"轰隆"一声巨响，炮筒里吐出一缕火舌，炮弹准确无误地在关楼上爆炸，小哨长当场被炸飞到关楼下，倒在血泊中毙命。小哨长一死，守兵们全部弃械投降。顿时义军们冲上关楼欢呼起来，整个山岭都沸腾了。

十二

    那天吴嘉猷带刘金旺来九牧与刘家福商议起义之事,返回吴村乡后,即召集兄弟们谋划如何起义和营救父亲。吴嘉猷有个叫苏春灵的军师,江西九江人,原是个走村窜街的算命先生,自幼通晓天文地理,善于察言观色,谙于人情世故。他游至吴村乡,某日遇见了吴嘉猷,是在严麻车村一大户人家撞见的。大户人家雇吴嘉猷编竹簟,正好苏春灵路过这大户人家门口,被东家叫住算卦。苏春灵进大户人家家里时,吴嘉猷正蹲地上编竹簟,因天气炎热,吴嘉猷打着赤膊。善于察言观色的苏春灵的眼睛立马盯住了吴嘉猷的光脊背,当时东家也在场,苏春灵没有点破吴嘉猷背上的秘密,不动声色地朝吴嘉猷笑笑就随东家走了。给东家算好卦后,苏春灵故意与吴嘉猷拉家常套近乎,等身旁无他人时,苏春灵才说出他发现的秘密。他指着吴嘉猷的光背说:"师傅,不得了,你背上有条龙,是'真龙现身',你要做皇帝了。"那时吴嘉猷刚入父亲的终南会,随父一起秘密发展会友。秘密发展会友只是为了与地方地保、财主和恶霸对抗,并没想要起义推翻官府,所以做皇帝一说属无稽之谈。吴嘉猷知道背上的龙哪是什么"真龙现身",是睡出来的,因为他是光着身子睡觉的,他睡的簟席上有他编的一条龙,叫"黄龙腾飞"。但吴嘉猷没有点破,只让能说会道的苏春灵借题发挥说个没完。吴嘉猷发现这个算命先生可不一般,他上知天文,下知地理,中晓人和,明阴阳,懂八卦,且晓奇门,知遁甲，实乃奇才，便将苏春灵介绍给父亲。吴父吴洪星当即邀他加入终南会，苏春灵欣然答应。此后苏春灵利用走村窜街之便四处游说，悄悄告诉那些穷兄弟吴嘉猷的身上印有一条龙，他是"真龙天子"，动员更多民众加入吴洪星的终南会，终南会的队伍迅速壮大。后来吴嘉猷因背上的"真龙现身"被新塘边地保财主姜仕凌告至官府，幸好刘家福提前向他报信，吴嘉猷才幸免一劫。但吴洪星没这么幸运，如今他被吴村乡的劣绅吴氏祠堂头目吴善高和姜仕凌告密而被捕入狱，并打入死牢。吴嘉猷继位当上吴村乡终南会会长后，为救父亲恙患义弟刘家福提前起义。在商议起义和营救吴父的计划时，吴嘉猷特地把苏春灵招回，把军师的头衔给了苏春灵。苏春灵算了一卦，建议起义也举两面大旗，一面"九龙下海"，另一面"投主灭洋"；起义时间定在六月二十二日。苏春灵说刘家福六月十八日起义，二十三日可打到官道上重镇清湖镇，吴嘉猷率军正好可与刘家福大军会合。苏春灵还提醒吴嘉猷杀富济贫，把他们的财宝充作军饷，把他们家吃的穿的全分给穷人，这样会得到穷人们的支持，会有更多穷兄弟参加义军。吴嘉猷听从苏春灵的建议，开始秘密赶制战旗、红巾，准备起义。

六月二十二日晨，吴村乡皮石弄的山岭上聚集了三百多名终南会会友和贫民，他们头扎红巾，手握长矛、锄头、镰刀等，参加起义前的祭旗仪式。祭毕，吴嘉猷宣布正式起义。按原商定计划先给吴嘉猷和他的父亲报仇雪恨。义军首先抓住了吴氏祠堂头目和劣绅吴善高，吴善高知道大难临头，赶紧向吴嘉猷下跪求饶，吴嘉猷忿然道："你想让我和我爸死，我先叫你见阎王！"吴嘉猷一刀就结果了吴善高。他把吴善高家中的财产全部没收，金银财宝充军饷，粮食和衣服全分给穷人，穷人拍手称快，年轻点的男子自愿加入了义军。他要杀的第二个富人是新塘边的地保财主姜仕凌。姜仕凌早听到了风声，提前跑到山上躲藏起来。吴嘉猷率义军抢了姜仕凌的家产，再从他老婆嘴里获知逃往山林的方向，义军扫荡过去，不用半个时辰就把姜仕凌从一个山洞里揪出来，吴嘉猷亲手宰了他。杀了两个仇人，吴嘉猷好不痛快，接下去是率部与刘家福的部队会合，然后攻打江山县城救出父亲。终南会的骨干刘炳禄见吴嘉猷为自己和父亲报了仇，也要求报仇雪耻。吴嘉猷知道好兄弟刘炳禄的老婆曾被佛堂的恶霸吴林春调戏，幸亏被自己遇见救了她，但刘炳禄咽不下这口恶气，想趁起义这个大好时机一洗耻辱，便答应了他。吴嘉猷马上又记起了另一桩事，叫住刘炳禄，拜托他还要再杀一个人，大桥枣垅村即刘炳禄的家乡土财主陈善通，不用吴嘉猷解释刘炳禄就明白为何去杀陈善通了。刘炳禄爽快答应下来，说他定会替刘家福报仇，提陈善通的人头见刘家福。

刘炳禄带了一队人马直奔佛堂村，冲进了吴林春家，吴林春吓得躲进了床底下，刘炳禄用大刀背往床上敲了几下，朝床底下喊："快出来，不然一把火把你房子烧了！"吴林春像条狗乖乖地爬出来，给刘炳禄作揖求饶。刘炳禄手起刀落，吴林春一声惨叫就命归西天。接着刘炳禄又带义军打回老家，冲进陈善通的家生擒了陈善通，陈善通表示愿意把家中所有财产送给义军，乞求保命。刘炳禄说今天是来取你人头的。陈善通说我与你无冤无仇为何要对我下毒手？刘炳禄说不是我要对你下毒手，而是替人取你人头，这个人就是我们义军的领袖刘家福，这下你知道为何要取你人头了吧？陈善通知道刘炳禄是替刘家福来报仇取他人头的，绝望地闭上双眼让刘炳禄取了。刘炳禄割下陈善通的人头用布包了，一路上都提在手上。他把佛堂村的吴林春和枣垅村的陈善通两个财主强取豪夺来的家产全部分给了贫民，两个村的几十个小伙子都跟着刘炳禄参加了红巾军。

打土豪分家财，振奋了义军们的精神，义军所向无敌，那些财主、土豪、劣绅纷纷被杀或被吓跑，吴嘉猷的部队像一股滚滚洪流涌向预定的清湖镇。

在刘家福起义的第二天，居住在玉山九仙山寺庙里的道士祝耀南也率部举旗起义，他的起义军也和刘家福的起义家一样都头包红巾，号称"红巾军"；起义的路线与吴嘉猷不同，一路指向官道上的重镇峡口，他算准日子，将在峡口与刘家福的起义军会合。峡口是北出仙霞关往江山的第一个必经的重镇，祝耀南知道峡口有清兵把守，若与刘家福义军形成南西夹击之势，攻下峡口可谓吃炒豆似的容易，他要在刘家福义军攻峡口时搭把手。祝耀南采取的策略与刘家福和吴嘉猷的不同，刘家福和吴嘉猷是杀富济贫，见富人就杀，见富家就抢，然后把富人的家产分给穷人。而祝耀南讲究仁义之道，只要富人甘愿交出财产，不是民愤极大的可以不杀；只有罪大恶极和顽抗分子才坚决镇压。所以祝耀南的义军每到一个地方，那些财主、土豪为了保命早早地打开粮仓、抱着金银财宝在等候了，对这么知趣的财主、土豪怎么下得了手呢？但也有少数嗜财如命的财主、土豪，他们不仅不主动交出钱财和粮食，而且还与义军争夺，他们完全是在找死。对他们，义军绝不心慈手软，结果既丢了性命又被掳走了财产。祝耀南的这支义军赶到峡口时，恰巧刘家福正在攻打峡口镇，把守峡口的只有二十几个清兵，一下子受到南西两面义军夹击，立马溃败投降。刘家福和祝耀南两支义军在峡口胜利会师，义军队伍已扩充到千余人，声势浩大。打下峡口重镇，土豪劣绅们难逃厄运，人头落地家财被分。峡口最大的财主恶霸叫老虎昌贵，义军抓住他，刘家福一刀就劈了他。

刘家福与老虎昌贵似乎有仇，其实也说不上有仇，他们确实有段说不清道不明的渊源。

刘家福的母亲杨雪梅是个美人，她的容貌和身材是村里数一数二的，拿现在的话说是村花。都说刘家福的父亲刘献云走了桃花运，娶了个村里数一数二漂亮的女人。可恰恰是这个桃花运害了他。大桥枣垅的财主陈善通见色起意，为达到霸占杨雪梅的目的，使出了个毒计：先除掉她丈夫刘献云，再威逼利诱杨雪梅做他的小妾。自打村花杨雪梅进刘家起，花心的财主陈善通就对她垂涎三尺了。那时杨雪梅是朵艳丽的鲜花，陈善通却没有动手，眼睁睁地看着杨雪梅每天进出刘家，给刘家生了一个又一个儿子。陈善通真正动手是在十多年后，这时候的杨雪梅已是"梅开三度"的花了。可为何陈善通鲜花不摘要等到"梅开三度"后才动手摘呢？问题出在陈善通老婆那儿。陈善通的老婆是峡口最大的财主，也是峡口一霸老虎昌贵的千金。老虎昌贵的千金多少遗传了父亲的某些基因，她是只母老虎，不是吃素的，一旦发现丈夫有偷腥的端倪，立马柳眉倒竖兴师问罪，果断地将丈夫的欲念掐灭在萌芽状态中。村人都知道花心的陈善通怕老婆，其实他真正怕的不是老婆，而是腰缠万贯势压一方的老虎昌贵。只要陈善通敢对老虎昌贵的千金说个"不"字，老虎昌贵的千金回娘家把状一告，陈善通就吃不了兜着走。老虎昌贵影响极大，不仅峡口没人敢与他作对，就是方圆百里也没人敢冒犯他。陈善通虽说也是一个财主，那只是个小财主，和老虎昌贵比是小巫见大巫，不值一提。有父亲压着，老虎昌贵的千金的威风足以让陈善通马首是瞻。陈善通不敢轻举妄动，只好去空想将杨雪梅揽入怀中将如何如何的快意。但眼睁睁地看着杨雪梅这朵鲜花插在牛粪里，让刘献云这穷小子一天天又一年年地享受，而且还得了三个儿子，陈善通看在眼里，心里又恨又苦。他的恨和苦不光是针对刘献云，同时也针对自己的老婆，更觉得所有的恨和苦都是老婆给的，或者说是老丈人老虎昌贵给的。所以他恨老婆更甚于刘献云，而恨老丈人老虎昌贵更甚于老婆。

一直挨到杨雪梅的大儿子即刘家福的大哥刘金旺十八岁那年，也就是刘家福十岁的那年，陈善通才熬出了头。因为一直压制他的老婆——老虎昌贵的千金摔死了。杨雪梅虽是有三个儿子的中年妇女了，脸上被岁月刻上了鱼尾纹，但陈善通仍没嫌弃她，常常借机向她示好，没人时还在她身上摸一把。那天陈善通在背后刚伸手去摸杨雪梅，恰巧被老婆看见了，老虎昌贵的千金冲上去揪他的耳朵，以前也有过类似的情况，陈善通一直隐忍着，已经隐忍了十八年，他像揣了一个鼓胀到极限的气包，如今气包终于被戳破了，他伸手就给了她一个嘴巴。这是自结婚以来破天荒打她，老虎昌贵的千金哪受得了这般委屈，哭哭啼啼地当即坐上马车去峡口向父亲告状。不料车行至苏家岭，下坡时马车失控翻入两人高的磟底，老虎昌贵的千金脖子折断当即毙命，马车夫只是手臂骨折，捡回一条性命。陈善通闻讯后心中暗喜，庆幸马车帮了他大忙，替他拿掉了压在他身上的大石头，这下他可扬眉吐气了。确切地说，马车夫是他的大恩人，马车夫不仅替他完成了一桩心愿，更重要的是马车夫为他守住了秘密，即使后来老虎昌贵将马车夫打入牢房，也没供出老虎昌贵的千金是被陈善通打了一耳光才回娘家告状的实情，一个人把所有的罪责都扛了。案由都清楚了，恰好那阵子老虎昌贵身体有恙，关于爱女的死他就没心思深究了，此案就这样草草了结。本该受牵连的陈善通屁事也没有。马车夫是光棍，但有个七旬老娘，马车夫坐牢后就没了依靠，但凡有一点点良心，陈善通也该替马车夫的娘养老送终，可是陈善通像是要撇清与马车夫的任何瓜葛，一次都没去过马车夫的家，任凭走投无路的马车夫的七旬老娘走村串户去要饭。老婆摔死了，陈善通马上又续上了弦。陈善通吸取教训，娶的第二个老婆是外村一个姓王的小财主的老实本分的千金。这个王千金的确软弱可欺，不敢对夫君说个"不"字，甚至陈善通提出要娶二房她也不敢吭声。不吭声就当默认了。陈善通的色心贼胆不再藏着掖着，他竟然丧尽天良，使了谋害杨雪梅丈夫再娶杨雪梅为二房的毒计。

对陈善通歹毒的心思和恶行，杨雪梅心里明镜似的，她对陈善通恨之入骨，坚决不从，并去告官。可正是晚清没落时期，官府腐败，"衙门八字开，有理没钱别进来"，哪有穷人说理申冤之处？披着孝服的杨雪梅带着十岁的刘家福在县衙门哭诉哀求过，知县大人一句"大胆泼妇，休想胡闹"，母子俩即被轰出衙门。正当杨雪梅绝望悲愤地离开之际，一个叫四老爷的县官追上来叫住了她。四老爷给了她三块银圆，什么也没说就走了。虽然四老爷什么也没说，但杨雪梅觉得他已经把该说的话都说了。四老爷想说却没说的话十岁的刘家福领悟不到，但他看到了四老爷的眼睛红红的，好像还湿了。当他把这个发现告诉母亲的时候，杨雪梅动情地对儿子说：

"衙门里，还有一个好人，就是四老爷。"

刘家福记住了母亲的这句话。后来长大的刘家福找到了这位四老爷，四老爷帮他在衙门里谋了个差事，事实证明杨雪梅没看错人，四老爷的确是个好人。

杨雪梅有三个儿子：老大金旺、老二家旺、老三家福。已成人的老大金旺是胆小老实的种田郎，知道鸡蛋碰不过石头，父亲被害母亲让人欺负，居然不敢怒也不敢言，好像被害被欺负的是他人的父亲母亲；老二家旺性烈，操起厨房案板上的菜刀要去与陈善通拼命，被杨雪梅拦住并夺下他手里的菜刀。她说："家旺，你杀不了陈善通。君子报仇十年不晚，等你长大有了出息，再找老东西算账！"

母亲是说给老二听的，但真正听进去的却是老三刘家福。十岁的刘家福就懂母亲的心思了，他劝慰母亲：

"娘，我向您保证，我长大后一定会杀了这狗东西！"

刘家福没有食言。十几年后，刘家福成了江山红巾军的起义领袖，杀陈善通就像杀一只鸡一样轻松，不过还没等刘家福亲自去报杀父之仇，同村的刘炳禄已替他报了。

刘家福与玉山九仙山道士祝耀南在峡口胜利会师后，挥师南下，势如破竹，连克江郎、石门。打到石门时，又有一支特别的队伍加入了刘家福的红巾军。说这支队伍特别，是因为领头的是个尼姑，叫周红霞；队伍也特别，虽只有十多人，却全是尼姑。周红霞是石门仙岩寺里的一个住持，而这十多个女子都是她收留的和她一样的苦命人。虽然她们都是弱女子，但她们仇恨这个人吃人的社会，一心想远离它，听说仙岩寺的女住持武艺不凡，又体恤穷人，尤其是苦命的姐妹，就上山投奔仙岩寺周红霞来了。周红霞来者不拒，前后共收留了十二个姐妹，她们都愿意削发为尼，平时周红霞教她们打坐念经，习武格斗。起初周红霞传授武艺只是为了防身自卫和强身健体，后来听说刘家福领着穷人造反，连抢了县城和清湖镇的两大米行，觉得很解气，心里也开始痒痒了：那些地主老财土豪劣绅凭啥不劳而获，过着花天酒地的生活？而穷人们却劳而无获，食不果腹衣不蔽体？还不是因为地主老财土豪劣绅有钱有势，并与官府勾结得到官府保护！只要有像刘家福一样的英雄起来造反，打倒这些地主老财土豪劣绅，推翻腐败官府，铲除压迫和剥削穷人的恶势力，穷人们就可扬眉吐气了。她把这个想法向姐妹们说了，得到姐妹们一致赞同，她们表示愿意跟她干，即使坐牢杀头也不怕。从此她们便有了志向和目标，全身心地投入练武中，周红霞毫无保留地把武艺绝招传授给她们，她们进步极快，擒拿格斗起来可以一当俩，甚至三四个男子也能抵挡。

十三

　　周红霞是江郎山下一个周姓穷人家的闺女，因为长得标致，被当地一个地主老财的公子周超龙看中，强娶了她。周红霞是烈女，坚决不从，寻死觅活，被地主老财关起来。为防她自寻短见，房里所有的铁器和绳索全被取走，周红霞只得天天以泪洗面，只求一死；她绝食，用头去撞家具，撞墙，撞得头破血流，直到奄奄一息。地主老财怕周红霞死在他家招来晦气，便命家丁将她拖到野坟地里扔了。还是寒冷的雪天，周红霞躺在铺着厚厚的雪的野坟地里气如游丝，随时都会断气。可村民惧怕地主老财都不敢来救她，或者认为周红霞已经死了，连她的父母也这么认为。她的妹妹红菱十分同情姐姐，想去看她，可一个人又怕，便叫哥哥陪她去。她的父母却说红霞病得这么重，不被饿死也会被冻死的，没救了。父母不太疼周红霞，他们居然收下财主的彩礼，答应这门亲事，把女儿卖了，这让周红霞伤透了心。周红霞的哥哥也放心不下妹妹，还是陪小妹妹红菱去看了，却发现周红霞不见了，怎么也找不到，怀疑她被豺狼虎豹拖去吃了，但四周的雪地上都没发现血迹，也没发现被拖曳的痕迹；要说被哪个好心人埋了，可是附近的泥土都没有被掘过的迹象。这里究竟发生了什么，兄妹俩都不知道。伤心失望的兄妹俩只好回家。

　　就在哥哥陪红菱去野坟地的前一刻，一位下山化缘的老和尚路过此地，见野坟雪地里躺着一个女子，走近一看，只见她披头散发，满脸血污，以为她已经死了，被扔在这里，不由得双掌合十，默念道："阿弥陀佛，谁家可怜的女子，被害成这样。安息吧……"老和尚抬脚正欲离去，又回头蹲下捧起雪去掩盖她。也是周红霞命不该绝，当老和尚把雪盖在她嘴鼻上时，因鼻孔被雪堵着，周红霞发出轻微的喷嚏声。老和尚听到了，吓了一跳，他用手放在她鼻孔上试了一下，发现她没死，还有呼吸，于是双掌合十："阿弥陀佛，老天有眼，这女子还有救。救人一命胜造七级浮屠……"这老和尚是石门仙岩寺里的住持毛觉平，平时他绝对不近女色，今日为了救人就顾不上寺庙的戒规了。他又一次双掌合十念了一遍"阿弥陀佛"，把女子背到背上，一直背到仙岩寺。本来周红霞躺过的雪地上头部的位置有点血迹，因老和尚用雪掩盖她时，把血污盖掉了，周红霞的哥哥来了自然就见不着了。

老和尚毛觉平没有把奄奄一息的周红霞背到仙岩寺，而是背到山腰上的一户猎户家。猎户有老婆和一个女儿，方便照料女病人。老和尚先对周红霞发功排出其体内的浊气，再从山上采来草药，嘱咐猎户家人煎药给周红霞治病。当晚周红霞就苏醒过来，猎户的老婆问她为何遭此厄运。周红霞便把自己如何被财主强娶、自己如何抗争的经过一五一十地说了。她问猎户老婆自己怎么会在这里，猎户的老婆告诉她是仙岩寺的和尚救了她，并把她送到自己家的。猎户一家都非常同情周红霞，猎户的女儿拉着周红霞的手问她叫啥，周红霞告诉她自己叫周红霞，猎户的女儿说："我叫彩菊，红霞姐，今后我们就是好姐妹了。"为给周红霞补充营养，猎户的老婆把做种子的谷子砻成米，熬成粥喂她。周红霞奇迹般地活了下来。十天后，周红霞能下地走路了，她最想做的是去感谢救命恩人。

她来到仙岩寺，在老和尚面前"扑通"一声跪下磕头："师父，您是小女子的再生父母，小女子这辈子愿意服侍师父，做牛做马也愿意。"老和尚忙扶她起来，但周红霞却不起来，她哭求道："若师父不答应收留小女子，小女子就不起来。"老和尚无奈地说："佛门净地，怎能收留一个女子？不可，不可。如今你病初愈，回家养几日便可痊愈。哎，你家在何处，为何会遭此厄运？"

周红霞告诉他，家在江郎山下，将自己的身世和不幸和盘托出，然后央求道："师父，您救人救到底，如今我的家是回不去了，父母也不疼我，您若不收留我，只求一死了。"

庙里有五个小和尚，五个小和尚都怜悯周红霞，劝师父收下她。老和尚犹豫不决，问："红霞，若留你，你能做啥呢？"

周红霞说："给你们扫地，洗衣服，做饭，还有种菜，我不会吃您的闲饭，放心吧。"

假如庙里的五个小和尚没劝老和尚收留周红霞，周红霞也没说这番话，老和尚即使有心收留她也不会真收留她。现在老和尚终于豁出去了，收留了周红霞，并将周红霞认作干女儿，周红霞也认他为义父。周红霞留在仙岩寺，每天扫地，给和尚们洗衣服，做饭；寺庙后院有块菜地，周红霞种出绿油油的一片菜。老和尚每天都教小和尚们念经练功，周红霞觉得好奇，便偷偷地学。周红霞悟性高，虽在旁偷学，但学得比小和尚们快，比小和尚们好。其实周红霞偷偷地学念经练功老和尚也知道，但他装作不知道，他想今后周红霞会用得着，所以不加干涉。

假如没有五年之后的变故，周红霞也不会当尼姑，更不会组织尼姑参加刘家福的红巾军。周红霞被老和尚毛觉平救起留在仙岩寺的消息，五年后才传到了江郎山下周红霞的村里。原来强娶周红霞的财主的公子周超龙对在仙岩寺里打杂的周红霞已不感兴趣，因为她的妹妹周红菱正出落得亭亭玉立，像朵红菱花招人喜爱，周超龙便盯上了周红菱，非娶周红菱为妻不可，下了聘礼。周红菱的父母不得不收下彩礼，可周红菱和姐姐周红霞一个性子，宁死不嫁。那时周红菱已知道姐姐就在仙岩寺，出嫁的前一天竟偷跑到石门仙岩寺找姐姐周红霞避难。周红霞听了妹妹和自己一样的不幸遭遇后，便替妹妹做主，告诉她："别怕，姐姐一定会保护好你的！"住持毛觉平也非常同情周红菱，他说寺庙就是她的家，寺庙里的和尚就是她的兄弟，一定会保护好她的。周红菱以为自己躲在这里周超龙就找不到了，即便找到了，和尚们有武功，有和尚们保护，周超龙也不敢把自己怎么样，心就放了下来，很快便有说有笑地帮姐姐打理寺庙杂务了。

　　像嗅觉灵敏的老狗，几天后周超龙便得知逃婚的周红菱跑到她姐姐住的仙岩寺躲避去了。他带了四五个打手气势汹汹地追上山，闯进了仙岩寺。幸好当时周红菱和姐姐在寺庙后院菜地上除草，周超龙在寺庙里没找到周红菱，便认为是被住持毛觉平藏匿，要他交出周红菱，否则要烧掉寺庙。毛觉平觉得周超龙口出狂言欺人太甚，叫和尚把他轰出寺庙，不料周超龙竟拔出匕首朝毛觉平刺来，毛觉平飞起一脚踢掉了他手中的匕首，周超龙更是恼羞成怒，捡起地上的匕首刺向毛觉平身旁的一个小和尚，小和尚武功好，下手却没轻重，一棍子下去的后果是周超龙脑瓜开了瓢，一命呜呼。庙里有许多烧香拜佛的施主，早被吓得逃之夭夭。主人周超龙一死，他雇来的打手作鸟兽散。出了人命，住持毛觉平知道大难将临头，给了小和尚三块银圆，让他逃跑，逃得越远越安全。当周红菱和姐姐回到寺庙，见地上躺着一个人，姐妹俩一眼就认出来，原来就是邻居恶少周超龙，这才知道刚才寺庙里发生的可怕的一幕，不禁胆战心惊，幸亏姐妹俩没在寺庙里，要是姐妹俩在寺庙里不知又会发生什么可怕的事。姐妹俩觉得愧对打死周超龙的小和尚，可此时小和尚已被住持打发走了。姐妹俩和住持都担忧，知道周超龙家和官府不会放过住持和寺庙，大家都替住持担忧，劝他暂时出去避一下。但住持毛觉平说跑得了和尚跑不了庙，他不能跑，有什么罪责由他一人承担，跟大家无关。

　　但不是住持毛觉平说跟大家无关就真的无关。周超龙带的打手跑下山，立即报告了周超龙的家人，周超龙的父母气得当场晕过去。周超龙的父亲是江郎山下的大财主，与官府关系非同一般，他的儿子周超龙被仙岩寺的小和尚活活打死，更是非同一般，县官立马派一班衙役前来捉拿凶犯。但来到仙岩寺时，不见凶犯踪影，便拿住持毛觉平问罪。毛觉平承认本寺小和尚失手打死了周超龙，但周超龙行凶在前，小和尚属正当防卫，且此小和尚已离开本寺，此事与本寺无关，官府应去他处缉拿。捕头指着毛觉平的鼻子破口大骂："老和尚，跑得了和尚跑不了庙，杀人偿命，眼下凶手已潜逃，你是住持，休想逃脱罪责，理应拿你问罪！"捕头一声令下，两个衙役上去将毛觉平五花大绑。毛觉平认为自己确有对下管教不严之过，也没有反抗，也不许小和尚们反抗。此时周红菱姐妹欲上前去阻拦，却被毛觉平的一个眼神给阻止了。

　　大家只好眼睁睁地看着住持毛觉平被绑。本以为只是住持毛觉平一人被缉拿，捕头绑了住持毛觉平后还不罢休，他宣布取缔此寺庙，并下令驱逐寺里所有的小和尚，还威胁说今后若发现此寺庙仍有和尚，格杀勿论！毛觉平被押走时向捕头提了一个要求：单独与周红霞说几句话。捕头起初不允，毛觉平说："论武功我和我的徒弟们不会在你们之下，但我和我的徒弟们都没有反抗，才让你们将我抓住，难道我临走前与我的义女说几句话都不行吗？"捕头想想也是，倘若这帮和尚真的动起手来，谁输谁赢还不一定呢，既然老和尚如此知趣，与义女说几句话也是人之常情，便允了他。被五花大绑的毛觉平把周红霞叫到一旁，把嘴凑近她耳旁如此这般地嘱咐了一番，周红霞边听边点头，末了，叫义父放心，她一定会做到的。叮嘱完后，毛觉平才跟他们走。走之前，衙役赶走了庙里的和尚，抬走了周超龙的尸体。

　　庙里的所有和尚被衙役驱逐，住持毛觉平被衙役押走，仙岩寺里只剩下周红霞姐妹俩。周红菱问姐姐住持毛觉平临走时和她说了些什么。周红霞告诉她，官府不许此庙里有和尚，但没说此庙里不许有尼姑，如果周红霞愿意做尼姑，就将此庙改成尼姑庙，由她当住持。周红霞本对男女的婚恋早已绝望，已看破红尘，现加上义父的重托，便一口答应下来。她问妹妹红菱愿不愿意和她一样削发为尼，周红菱虽也经历过姐姐一样的遭遇，但她与姐姐不同，她相信缘分，认为将来自己一定会遇上有缘的男人，她会获得幸福，与夫君白头偕老，所以她不能答应姐姐的要求，但她表示愿意在寺庙里陪伴姐姐。周红霞没有勉强妹妹，让妹妹帮忙将自己的一头秀发剃掉，做了仙岩寺的第一个尼姑，同时也当上了女住持。

周红霞曾被老和尚毛觉平救起放在半山腰老猎户家养伤，与老猎户的女儿彩菊姑娘是好姐妹。周红霞被老和尚收留之后，彩菊来寺庙进香也勤了，为的是能与周红霞见上一面聊几句，有时周红霞有闲也会借故下山来彩菊家坐会儿，与彩菊聊会儿，偶尔会带点自己种的菜让彩菊尝尝鲜。彩菊的父亲时常打些猎物，彩菊想送周红霞一刀野兽肉或一只野兽腿，但因周红霞在寺庙不便携带，只能匆匆地在彩菊家吃上几块野兽肉。当上女住持后，周红霞就不再食荤，一日三餐食素，天天如此，事务也多起来，没有时间下山看彩菊，彩菊只好去寺庙看她。现在又多了个红菱，寺庙里时常出现三个女子的身影，外面不知情者都把她们当尼姑。

周红霞从义父那儿学到了佛经和武功，她萌生了传授给红菱和彩菊之意。红菱和彩菊觉得练武能防身还能强身健体，愿练功习武，但不愿念经念佛。周红霞依了她们，尽心地教她们武艺，红菱和彩菊用心地学。自从仙岩寺的小和尚打死江郎山下财主的公子周超龙，原来的住持毛觉平被官府绑走，所有和尚被驱逐之后，仙岩寺成了"凶寺"，不再有人来烧香拜佛了，真正成了一方静土。这对于今后建立一支"尼姑军"倒是件好事。

到了光绪廿六年，江山出了个造反的英雄刘家福，率众一连抢了县城和清湖的两大米行，让快饿死的老百姓吃上了财主家的米饭，百姓觉得非常解气。周红霞对妹妹周红菱和彩菊说，为什么我们穷人吃了上顿没下顿甚至被饿死？为什么地主老财土豪劣绅们家财万贯过着花天酒地的生活？还不是因为他们有钱有势，而且勾结官府从而得到官府的保护。只有像刘家福那样率领民众们起来造反，才有饭吃有好日子过。而要造反必须有真本事，刘家福是有武功的，我也有武功，我原先把武功传授给你们是为了防身和强身健体，现在又有了更大的作用，就是用来造反。有朝一日我们要起来造反，我要救出牢中的义父，而且还要亲手宰了狗日的周超龙的爹！周超龙的爹也是周红菱的仇人，所以周红霞姐妹同仇敌忾。彩菊也有仇恨，她的父亲因为打猎曾被杨财主打折了腿，杨财主说她父亲打死的野兽是他山上的，要抢走她父亲打来的野兽，她父亲不肯，一条腿就被打折了。彩菊也表示，等学好了武艺起来造反的那一天，她也要打折杨财主的狗腿，替父报仇。

　　但世上没有不透风的墙，周红霞教红菱和彩菊教习武功的消息不胫而走，那些遭受磨难、看破红尘的女子纷纷上山找到仙岩寺，恳求周红霞收留她们。周红霞来者不拒，多多益善，不到三个月就有十个女子来到仙岩寺，有的是来避难的，冲着学武艺报仇来的，有的是因厌世来做尼姑的。加上原来三个人就是十三个女子了，传到外面就变成了仙岩寺的十三个尼姑了。江山出了个造反英雄刘家福，周红霞就有了志向，她想把庙里的女子组织成一支义军，等有了机会就参加刘家福的义军。周红霞的想法得到了姐妹们的热烈回应，都表示跟着住持周红霞干。女子们跟着周红霞勤学苦练，等待起义时机的到来。

　　可是刘家福在县城和清湖造反之后，就没了音信，让周红霞和十二个姐妹焦急又失望。焦急的是刘家福怎么还不起义，我们姐妹们等着你呢；失望的是她们以为刘家福因官府通缉躲起来不敢再造反了。差不多等了一年，刘家福东山再起，而且已不是一年前抢了财主的米行就跑的刘家福了。刘家福率领军红巾军浩浩荡荡地从九牧出发，一路过关斩将，所向披靡，沿途的财主土豪劣绅们闻风而逃，穷苦百姓分得粮食、财产，沿途的青壮年穷兄弟们纷纷加入刘家福的红巾军……消息传到仙岩寺，周红霞和十二个姐妹精神振奋，做着加入刘家福红巾军的准备。周红霞召集十二个姐妹商量起义事宜。周红霞说她们的义军要取个好听且有气势的名字。议来议去，最后取名为"十三红妹军"，一旦刘家福红巾军到来就下山接应。她们都有仇人，她们发誓起来造反首先要杀掉仇人，报仇雪恨。周红菱姐妹有共同的仇人，本来有父子两个仇人，周超龙被和尚杀死了，现在只剩下周超龙父亲一个仇人了。是周超龙父子把姐妹俩逼得走投无路，一个差点死在野坟雪地上，另一个上山到仙岩寺避难。姐妹俩商定，她们下山先杀掉她们共同的仇人周超龙的父亲，然后加入刘家福红巾军，救出被官府抓走关在狱中的主持毛觉平。

周红霞派彩菊下山去联络刘家福，以便适时举旗起义，加入刘家福起义军。彩菊打扮成一个假小子来到石门镇，镇上显得人心惶惶，都在传刘家福的红巾军将打到石门。穷人显得很兴奋，认为刘家福打过来会把财主土豪劣绅的财产分给他们，所以他们盼着刘家福红巾军快点打过来。那些地主老财和开店的老板害怕了，如大难临头惴惴不安，怕死的准备卷财逃跑。彩菊比穷人们的心情更急切，她不想在石门等待，朝南面跑去迎接刘家福红巾军。当她到达南面的江郎时，恰巧遇见从南面峡口方面来的一群生意人。这群生意人行色匆匆，像在逃命，他们见人就说刘家福的红巾军已往江郎方向来了，估计不用半个时辰就可到江郎。刘家福见有钱人就抢，他们都是在峡口做生意的江郎人，所以吓得跑回老家躲避。彩菊迅速赶回寺庙，经过半山腰拐进了自己的家，问父亲要土铳。土铳是父亲的命根子，用它打猎打了二十多年，打了无数野兽，同时也用它保护了全家人的安全。现在女儿却说拿走就拿走，父亲哪肯呢？彩菊说她寺庙里的姐妹们都要参加刘家福的红巾军，父亲的土铳是她参加起义的最好武器。女儿要加入刘家福的红巾军，父母吓坏了，一起劝阻女儿别干傻事，那是男人们的事，弄不好要杀头的。彩菊哪听得进，趁父亲不注意，从父亲手里夺过土铳就逃，父亲追了一段路没追上，只好摇头叹息。

　　彩菊背着一支土铳回到寺里，向周红霞报告，说在江郎时遇见从峡口逃来的生意人，那时生意人说不用半个时辰刘家福的红巾军就可到江郎了，现在差不多到了。周红霞马上召集姐妹们，宣布举旗起义。她们也学刘家福的红巾军，头上包红布，也成了一支女子红巾军，因为其中有三四个是剃了头的真尼姑，所以她们包扎的红布要比刘家福红巾军的大。除了彩菊从父亲手里抢来的一把土铳外，周红霞的飞镖、周红菱的梭子枪也相当厉害，其他姐妹也有自己的绝技和武器。她们的旗上绣着"十三红妹军"五个字。周红霞率领她们奔下山来，先杀了石门镇的土豪劣绅，把他们的粮食和财产全分给了穷人，受到穷人们的热烈响应和拥护。穷人们纷纷要求参加她们的"十三红妹军"，但周红霞只收女子入伍，可是没一个女子参加她们的"十三红妹军"，主要是她们的家人不同意，顾虑太多。所以这支女子义军依然只有十三个女子。

刘家福的红巾军起义是从南往北方向而来，而这支"十三红妹军"与刘家福的红巾军起义的方向刚好相反，她们从北往南行进再与刘家福的红巾军会合。"十三红妹军"威名鹊起，向江郎挺进，来到周红霞的家乡江郎，活捉周红霞姐妹的仇人周超龙的父亲，一刀把他结果了，再把他家的财产分给了当地穷人。当她们正准备往南迎接刘家福的红巾军时，刘家福的红巾军恰好打到江郎。由于"十三红妹军"事前与刘家福义军没有联络过，所以当周红霞率领的"十三红妹军"与红巾军相遇时，红巾军前头部队误以为这是一支冒牌军，把她们围起来，却发现这支部队的士兵全是女子。他们觉得奇怪，周红霞向他们解释，她们是来参加红巾军的。他们把她们带到刘家福面前，听了周红霞的解释，刘家福当即表示欢迎她们加入红巾军。这样，刘家福的红巾军多了一支娘子军，刘家福称"十三红妹军"为"女子别动队"，任命周红霞为队长。

十四

　　刘家福大军南下直指江山县城，快打到清湖镇时，恰与从西面来的吴嘉猷起义军会合。这对结拜兄弟高兴得拥抱在一起。此时几支义军汇合到刘家福的麾下，如一条条小溪汇成了一条大河，红巾军已达近万人，声势浩大，可谓千军万马了。红巾军驻扎在离清湖镇五里外的小清湖。在小清湖地方及四周，都住着头包红巾的义军，临时搭起的帐篷像蘑菇似的冒出来，野外的灶台上袅袅炊烟如烽火狼烟在空中升腾，那场面足令敌军闻风丧胆。此时刘家福还不知杀父之仇已报，当刘炳禄将血淋淋的包裹交给刘家福时，吴嘉猷才告诉他，是他的仇人陈善通的脑袋。刘家福打开包裹，果见是陈善通的脑袋，激动得仰天大喊："父亲，您的仇终于给报了，您可以瞑目了！"此时刘家福不由得想起了母亲，他十岁那年母亲被逼得抛家弃子孤身一人走了，从此杳无音信，一晃便是十七八年。母亲是否活着？现在何处？想到这，刘家福鼻子一酸，泪水差点溢出眼眶。他在心里告慰自己："母亲，陈善通这条恶狗去见阎王了，再没人敢欺负您了，您回来吧。"

　　吴嘉猷发现红巾军中竟有十几个年轻漂亮的女子，和兄弟们一样欣喜万分，幽默地说："这是上天送给我们的鲜花，我们一定要好好地保护她们！"刘家福向他介绍了"十三红妹军"的队长周红霞，又向周红霞介绍了吴嘉猷。周红霞像男子似的抱拳向吴嘉猷作揖："谢谢吴大哥对我们的关心。吴大哥武艺高强，以后还望吴大哥多多指教！"

吴嘉猷谦虚道："哪里，只学了点雕虫小技，不足挂齿。刘大哥才是武艺高强的英雄。"

刘家福走过来拍了下吴嘉猷的背，说："兄弟，我那三脚猫的本事也值得你吹嘘？要论武艺，当数你我的师父程铁龙，那才叫武艺高强，你我一辈子都休想超过他。"

有些人喜欢在漂亮的女子面前吹嘘自己如何了得，可在刘家福的红巾军中却一个比一个谦虚，这让周红霞和她的姐妹们心生好感，觉得他们就是自己的亲兄弟。除周红霞外，她们个个都很泼辣，居然敢与红巾军士兵开玩笑、比武。红巾军的士兵们手中大多数是长矛、大刀和木棍、锄头等武器，只少数人有长短枪，连头领刘家福、吴嘉猷也只有大刀。彩菊背着一杆土铳，是这支娘子军中最威武神气的一个，姐妹们都羡慕她，士兵们也对她刮目相看，有的还打听她的土铳的来历。彩菊不好意思说是从父亲手里抢来的，告诉他们是父亲送她的。周东华不信："世上只有花木兰替父从军，难道你父亲也让你替他从军？"彩菊被问得脸红耳赤，一时不知说啥好。周红菱替她回答："没错！哪有让女儿空手去从军的，对吧？"周东华开起了玩笑："嗬，我们红巾军里也出了个花木兰了！"引来一阵哈哈大笑。

可周红霞怎么也笑不起来，她一心盼着早点打进城救出师父毛觉平；吴嘉猷也是心急如焚，他催促刘家福攻打清湖镇，然后直取县城救他父亲。刘家福知道清湖镇离江山县城仅十五里，知县周绪一定会加强兵力死守清湖镇，所以不可贸然出兵。

派去侦察的清湖人周老虎回来报告，果然知县周绪一早有防备，他已派守城营的都司杨怀清带五个哨兵到清湖镇加强守卫，可谓重兵把守易守难攻。不过周老虎还带回一个好消息：清湖的秀才宋石辉和宋三保已秘密组织了一批人，到时会竖旗响应，来个里应外合，定能攻克清湖镇。刘家福问他"二宋"是否可靠，周老虎说可靠，他们知道您与老三哥有交情，所以他们都把计划透露给老三哥了。刘家福连连称好，隐隐觉得清湖镇这块难啃的骨头有办法啃了，可是什么办法刘家福还不得而知，于是向军师祝耀南讨教。祝耀南先向周老虎了解清湖的地理位置和周边环境，分析了敌情和地理环境后，认为不能强攻，只能智取。吴嘉猷觉得军师祝耀南缺乏斗志，红巾军人多势众，而且有两门过山大炮，可以强攻取胜。祝耀南摇着头说："不可，因为清兵会死守清湖镇，而且即便打下清湖镇，也会以须江为天然屏障阻止红巾军过江，所以强攻只有牺牲和失败。若用炮轰，清湖镇人口密集，会伤及无辜，使百姓遭殃。"祝耀南赞成与镇上的宋石辉、宋三保里应外合联合作战。怎么个里应外合呢？首先要让"二宋"知道在什么时候起义，他们的任务是什么，祝耀南建议召集将领和谋士商讨策略。

刘家福即与义兄吴嘉猷协商，成立了一个专门制订作战计划的最高权力机构——"五人团"。"五人团"由刘家福、吴嘉猷、祝耀南、苏春灵和周红霞组成。他们马上一起商讨进攻计划。吴嘉猷和周红霞，一个为救父亲，一个为救师父，所以俩人都主张强攻，希望早日攻占县城救出他们的父亲和师父；两个军师则主张等待时机里应外合；刘家福认为他们都有道理，应该尽快采取里应外合的战术进攻。周红霞得知红巾军中的许多士兵是江山的挑夫，她说清湖镇有个码头，本来挑夫可以自由进出的，让这些士兵以挑夫身份进入镇里，加强里面的力量。祝耀南认为不妥，因为清湖镇肯定已经戒严，不可能让他们进入。经商议，最后将进攻时间定于当晚子时二刻，以航埠山顶的火光为号。红巾军分三路：刘家福率八千人正面强攻；吴嘉猷带一千人从侧翼绕过航埠山夹击；周红霞带"十三红妹军"潜入清湖镇，配合"二宋"义军从背后攻击清兵，里应外合。刘家福派周老虎再次潜入清湖镇，把情报送给"二宋"，并以三哥饭店为联络点。联络暗语采用两句江山民谣："牛耕田，马吃谷""苦男无米粥，财主晒陈谷"。一切交待完毕，各路红巾军迅速行动起来。由于清兵在清湖镇各路口戒严，周老虎打扮成樵夫，挑着一担柴混进镇里；周红霞的"十三红妹军"都是村姑打扮，把守路口的清兵怎么也不会想到她们会是红巾军，本来她们可以顺利地进入清湖镇，但节外生枝，计划被打乱了？

清湖镇上的人都知道刘家福的红巾军马上要打过来了，人心惶惶，有钱的财主商贾们纷纷向北面县城方向逃跑；街上冷冷清清，商铺的门紧闭，只有一队队手拿武器的清兵在巡逻，气氛异常紧张。

十三个年轻的女子走来，就成了一道风景。两个哨兵盯着她们看，其中一个胖点的哨兵色迷迷地盯着彩菊看不算，还动起手去摸彩菊的脸蛋，冷不防彩菊飞起一脚踢到胖士兵的胯下私处，"哎哟"一声惨叫，哨兵疼得双手抱住私处动弹不得。另一个瘦哨兵想来捉拿彩菊，彩菊撒腿就跑，瘦哨兵发现彩菊有武功，大喊："有女刺客，快抓住她！"正好一队巡逻的清兵走过来，清兵迅速围追堵截，彩菊无路可逃，周红菱想去救她，被周红霞拉住了："不要冲动，我们有重任在肩，只能另想办法救她了。"姐妹们眼睁睁地看着彩菊被清兵抓走。周红霞让周红菱跟在押走彩菊的清兵后面，看他们把彩菊押到何处。周红菱悄悄跟去，当她跟到十字路口时，本有四个清兵押送，不知何事其中两个清兵走了，押送彩菊的只剩两个清兵，周红菱觉得是救彩菊的好机会，朝彩菊大喊一声："彩菊，快跑！"彩菊回首一看是周红菱喊她，身边只两个清兵，一脚撂倒一个，两个清兵猝不及防均被彩菊撂倒，彩菊拔腿就跑。不料，两个被撂倒的清兵迅速爬起来就追，边追边喊"抓刺客"。不知从哪儿冒出许多清兵，突然把彩菊的前后路堵住了，彩菊打倒了几个清兵后，终因寡不敌众束手就擒。为防再次逃跑，清兵用绳索捆了她双手。周红菱因喊了一嗓子，也被那两个押解过彩菊的清兵当成同伙抓捕，幸亏周红菱机智，她迅速钻进一条小巷，见有户人家门虚掩着，便闪进了屋里，恰巧与房主老伯撞了个满怀，周红菱央求老伯救救她。老伯探头朝街上望了一眼，见一伙清兵朝这边追来，赶紧关上门，也不管来者何人，把周红菱带进厨房，抱开柴火，让她蹲下，然后用柴火盖在她身上，嘱咐她不要动，不要吭声。这时，大门被清兵一脚端开，闯进两个清兵，老伯马上迎上去："老总，有什么事吗？"

一个清兵推了老伯一把，没好气地问："见过一个女子跑进来吗？"

老伯摇摇头："没有。"

两个清兵在屋里搜寻起来，他们往床底下看，还打开柜子箱子看，没寻着，又到厨房搜，见灶头有堆柴火，一个士兵走过去想用长枪杆挑开木柴。周红菱的心怦怦乱跳，老伯的心也提到了嗓子口，这时老伯灵机一动，突然一拍脑袋说："哦，想起来了，刚才是有一个女子从我们门前跑过去。"

那个想用长枪杆挑木柴的清兵立即把枪口对准老伯，恶狠狠地问："你说的可是实话？假如有半句假话，老子一枪毙了你！"

老伯讨好地直点头："是实话，是实话。"

这个清兵骂道："老东西，到现在才说。"朝老伯身上砸了一枪托。老伯"哎哟"地惨叫一声，捂住腰直喊疼。

两个清兵走了，老伯歪着身子去关门，走到厨房轻轻地叫："姑娘，两个坏蛋走了，出来吧。"他移开木柴，周红菱起身，抱拳谢过后要走，老伯说现在街上到处是清兵，跑出去无疑自投罗网，让她天黑后再走。周红菱觉得是个理，只好暂时留下。

老伯问她究竟是什么人，为何清兵要追捕她。周红菱知道老伯是可以信赖的人，便告诉他自己是刘家福红巾军的士兵，来清湖镇侦察的。老伯有点不信："红巾军里怎么会有女兵呢？"周红菱想了想说："我们女人受到地主老财的欺压和逼迫，我要替可怜的女人报仇，所以要参加红巾军。"

老伯信了，对她竖起大拇指："你是女英雄！需要我帮什么忙吗？"

周红菱心里一亮说："您知道清兵指挥所吗？"

老伯点点头："知道，你想……"

周红菱说："刚才我有个姐妹被抓走了，很可能被关进指挥所了，我想摸进去救她。"

老伯说："指挥所就在军营里，有四五百清兵护卫，你如何进得去？即便进去了又如何出得来？不用说救人，恐怕连你自己也会落入虎口。"

周红菱不吭声了，仿佛陷入了沉思。

十五

周红霞和姐妹们找到老三哥饭店，老三哥饭店的门开着，周红霞让姐妹们先坐下歇息，她去联络人。此时，一个老者马上迎上来："哟，来了这么多姑娘，想吃饭吧？"

周红霞问："您是老三哥，三哥叔？"

老三哥点点头："你们是……"

周红霞说："请借一步说话。"

周红霞随他进了一间内房，便对起暗语。

周红霞说上句"牛耕田"，老三哥对下句"马吃谷"。

周红霞说上句"苦男无米粥"，老三哥对下句"财主晒陈谷"。

老三哥高兴地说："你们可来了。刚才周老虎先你们一步带两个姓宋的秀才找过我，把你们的暗语和行动计划都告诉了我。没想到他们前脚刚走，你们后脚就来了。需要我做什么，请尽管吩咐。"

周红霞叹了口气说："我的一个姐妹刚进镇门就被抓了，另一个姐妹跟了去侦察，却到现在也没见着人影，会不会出事？真叫人着急。我既要与宋秀才联系，又要设法去救彩菊，三哥叔，时间紧迫，您可否尽快帮我找到宋秀才？"

老三哥爽快地答应："行！你稍等，我这就去把他叫来。"

老三哥立马走了。

十六

彩菊被清兵抓回后，果然被带到指挥所里，驻守清湖镇的游击陆嗣恺亲自审问她。

陆嗣恺问："你的功夫不错嘛，是刘家福派你来刺杀本官的？"

彩菊答："我一个小女子被你的士兵欺负，踢了他一脚，你管教不严，本女子只是想替你教训他一下，怎么就成了刘家福派来刺杀你的刺客？你有重兵护卫，我一个小女子杀得了你吗？笑话！"

陆嗣恺问："听说和你一起进来的有十几个女子，她们究竟想干什么？她们现在何处？老实交待！"

彩菊答："不知道！我不认识她们！"

陆嗣恺露出凶相："不说是吧？让你尝尝辣椒水的味道。"

陆嗣恺下令给彩菊灌辣椒水，彩菊被绑在一根柱子上，一个打手用力往上扳她的嘴巴，另一个打手端起一杯辣椒水倒进她的嘴里，彩菊剧烈咳嗽打喷嚏，涕泪横流。陆嗣恺得意地问："怎么样？辣椒水好喝吧？说不说？"

彩菊知道清兵没有任何证据证明自己的身份，便装出一副可怜相，央求道："老总，求您了，我只是来清湖找亲戚的，是恰巧碰上她们，真的不认识她们。"

陆嗣恺奸笑道："嘿嘿，你说是来找亲戚的，你的亲戚叫什么？住哪儿？说！"

偌大的清湖镇彩菊竟没一个人认识，正焦急万分之际，突然想到联络点老三哥饭店，老三哥饭店不就是老三哥开的吗，便告诉了他："我是来找表舅老三哥借钱的，我妈病了，没钱抓药。"

　　陆嗣恺半信半疑："老三哥是你的表舅？"

　　彩菊点点头："嗯，他一直在清湖开饭店。"

　　陆嗣恺也想不出有什么破绽，吩咐手下看好她，转身走了。

十七

　　老三哥带着一位中年男子进了老三哥饭店。内房里，老三哥分别给周红霞和秀才宋石辉做了介绍后，说了句"你们谈吧"就退出。为慎重起见，周红霞和宋石辉对了一次暗语，对上后，周红霞问宋石辉如何与刘家福大军里应外合。宋石辉说计划有了，他说本想去刺杀陆游击和杨都司的，但因杨都司的住处一时难以找到，而且他有重兵护卫，没有多少把握，所以只好放弃，另寻他策。他和宋三保已准备了两大桶洋油，时间一到，他们会带领队员装扮成清兵混进军营，把洋油带进去，那时清兵正睡得香，他们把洋油泼到营房门上，火烧营房，让士兵不敢出营，把他们憋死在营房里。

　　周红霞问他有多少队员，宋石辉说他有四十人，宋三保有五十人。周红霞觉得近百人想混进清兵营似乎不太可能，便提出疑问：如何混进清兵营？有清兵的军装吗？

　　宋石辉迟疑了一下，摇摇头："正在想办法去搞清兵军装和武器，只有进军需库才能弄到这些。可怎么进军需库呢？周队长，你给我们想想办法吧，我们非常需要你们娘子军的支持。"

　　周红霞说："我也在想如何进军营的办法，可我们更焦急的是，有一个姐妹被抓走了，估计就关在军营里，我们必须设法把她救出来。"

　　宋石辉说："若我们能攻进去，就可把你的姐妹救出来。

所以，关键是赶紧想办法混进军营。"

沉默了片刻，周红霞说："这样吧，我们姐妹有些功夫，可以翻墙进去，你们在墙外接应，我们找到军装和武器后会扔到墙外。"

宋石辉点点头："好，就这么定吧。你们一定要小心啊。"

夜幕降临之际，周红霞带着姐妹们来到清兵营房围墙外，墙内声音嘈杂，墙外异常静寂，偶尔有巡逻的清兵经过。周红霞的轻功了得，只见她一跃而起，便攀上了一人半高的墙顶，她把脑袋慢慢探出来，看见军营里的清兵们非常松懈，若无其事。他们摇摇晃晃，来来去去，显然是刚喝完酒。许多士兵仍在营房里喝酒猜拳，里面的一切显得乱糟糟，周红霞心里一喜，立即向墙下的姐妹们示意，告诉她们可以翻墙进入军营。围墙边有几棵树，周红霞旋即顺着树干滑下，躲在树后，神不知鬼不觉。接着墙背上一下子又冒出好几个脑袋，周红霞向她们一招呼，她们便像猴子似的顺着树干滑下来。除被清兵抓走的彩菊和正在想办法救彩菊的周红菱外，十一个姐妹全到齐了。由于对军营内情不了解，周红霞让姐妹们不要轻举妄动，先躲这里待命。周红霞打算先找到关彩菊的地方，把她救出后再去找军需库。她带着小姐妹杨娟摸进去，轻手蹑脚地沿着屋墙向军营深处快速走着，连续绕过两幢清兵众多的营房。不料，当她俩转过一个墙角时，突然与两个巡逻的清兵撞上了，逃是来不及了，两个清兵已发现了她们，喝问她们是谁，干什么的。她们拔出匕首，以迅雷不及掩耳之势冲上去，一人一个把两个清兵宰了。她们迅速剥下他们身上的军装，为防被清兵发现，把两具光着身子的尸体拖到了屋旁的一堆柴火旁，用柴火掩盖起来。她们穿上了清兵的服装，手里拿着他们的长矛，姐妹俩瞬间变成了两个清兵，假装在巡逻。路上碰到了几拨清兵，其中有个清兵真的把她们当成了战友，朝她俩喊了名字，她俩装作没听见。那个清兵有点生气了，竟然破口大骂，幸好他骂过后就没事了，姐妹俩两颗悬着的心才落下。她们见到有一幢宽敞的平房，里面没有一丝光亮，非常安静，却发现大门口有两个哨兵，周红霞告诉杨娟这里就是军需库，然后示意干掉两个哨兵。她们两个本来就是清兵打扮，直接上前，两个哨兵警惕地问："你们是谁？干什么的？"她俩没吭声，待到跟前时，一人一个把两个哨兵干掉了。大门锁着，周红霞从一个哨兵尸体的口袋里摸到一串钥匙，迅速打开库门，可是里面啥也看不见，两人把两具尸体拖进屋后，便往里面摸去。不料，杨娟被什么东西绊了下差点摔倒，杨娟去摸脚下的东西，发现像是一捆长枪，欣喜地告诉周红霞，周红霞过来摸了下，确认是长枪，高兴地说："我们终于找到了军需库，肯定还有军装。"不一会儿便真的发现成堆的军服，还有鞋子、帽子等物品。周红霞大喜过望，马上嘱咐杨娟去叫埋伏在围墙边的姐妹们过来搬军服和武器。杨娟走出没多远，突然，一条黑影从路边窜出向杨娟扑过来，杨娟机智地闪过。杨娟感觉到黑影手里有凶器，便格外小心地避闪开，然后趁机抓住对方的双手，试图制服对方，对方却灵活地摆脱了杨娟的攻击，双方便对打起来。杨娟发现对方像个女子，而且武功的套路有点熟悉，便问对方是谁，对方似乎也觉得杨娟异样，双方立即停止了格斗。对方问杨娟："你是清兵，怎么是女的？"

杨娟说："我是杨娟，你是……"

对方说："原来是你啊，杨娟，我是红菱。你怎么会穿清兵服装？在这里干啥？"

杨娟说："我在执行任务，我和红霞找军需库，你呢？"

周红菱答："我来救彩菊。军需库找到了吗？"

杨娟说："找到了，正去报信叫姐妹们哩，不想碰到了你……哎，找到关彩菊的地方了吗？"

周红菱说："还没，正在找呢。"

杨娟建议："先和我们一起把军装和武器弄出去再想办法救彩菊吧。"

周红菱说："也行，姐妹们现在在哪儿？"

杨娟说："你跟我来吧。"

周红菱没穿清兵服容易暴露，所以她折回把周红菱带到军需库。周红霞警惕地问："谁？"

杨娟说："是我，路上碰上了红菱，我担心暴露，把她带过来了。"

周红霞说："红菱，你怎么也来了？"

周红菱说："姐，我原想来救彩菊的，可没找到关她的地方，就碰上了杨娟。"

周红霞说："红菱，你守在这儿，不要跑开，我和杨娟去叫姐妹们。"

周红霞拿起长矛，像巡逻兵似的和杨娟去了。

清兵打扮的周红霞和杨娟顺利地来到潜入军营的墙角边，周红霞朝树影中喊了声："出来吧，军需库找到了。跟我走。"

姐妹们便跟着周红霞和杨娟走了。路上见三个清兵朝她们走来，周红霞立即命令她们趴下，当清兵走到周红霞和杨娟面前时，周红霞一个手势，姐妹们一拥而上，活捉了三个清兵，用手捂住他们的嘴巴。周红霞说："先别杀他们。"

周红霞问其中一个清兵："你们把一个姑娘关在哪儿？快说！"

这个清兵不肯说，周红霞打了个手势，一个姐妹就用刀把这个清兵结果了。

周红霞又问余下的两个清兵："说不说？"

其中高个子清兵吓坏了，慌忙答道："我知道，她被关在一间仓库里，我带你们去。"另一矮个子清兵哀求道："别杀我，我愿意帮你们。"

周红霞不想杀他们，对他们说："你俩只要听话，按我们的要求做，保证你们的安全。听清了吗？"

两个清兵答道："听清了。你们只管吩咐，我们照办。"

周红霞点点头："好！我可告诉你们，我们是刘家福的红巾军，如果愿意参加我们的红巾军，非常欢迎。"

两个清兵立即表态："愿意，我们都愿意加入你们的红巾军。"高个子的清兵说："其实，我们当清兵日子也不好过，天天提心吊胆的。我们知道肯定打不过刘家福的红巾军，我们都想当逃兵了。"矮个子清兵附和道："是的，连你们女兵都这么厉害，我们哪是你们的对手，非败不可！"

周红霞说："很好！你俩叫什么名字？"

高个子答："报告！我叫周小光。"

矮个子答："报告！我叫李小强。"

周红霞下令："周小光，你带两个人去救彩菊。"

周小光答："是！"

周小光领着杨娟和另一个穿了清军服的王丽青走了。

周红霞又命令道："李小强，你去拿一个火把来，我们在军需库等你。"

李小强答："是！"

李小强马上走了。有个姐妹问周红霞，李小强会不会趁机去清兵营通风报信？周红霞说不会，她相信他。周红霞带着大家来到了军需库，周红菱高兴地招呼姐妹们，周红霞说等李小强的火把拿来再行动。话音刚落，李小强便举着火把走来了，周红菱一阵紧张，惊叫道："啊呀，来了一个清兵！"周红霞笑道："不用担心，自己人。"

火把照亮了仓库，堆放着的军服和军械赫然在目，李小强提醒大家快搬，不然很快就会被发现，因为他来的时候路上有清兵问他去干什么。周红霞催促大家快点搬，姐妹们便见啥搬啥，怀抱肩扛或两人抬，把仓库里的军装和武器直往门外搬。周红霞肩上扛着一袋子鞋子，李小强肩上扛着一捆枪，周红霞和李小强走在最前面，他们都顺着墙根走去。因人多动静大，终于引起了一个出来解手的清兵的注意，他惊慌地疾呼起来："你们是谁？干什么的？"李小强听出来是谁了，他不慌不忙地回答："哦，是我，李小强，陆游击说刘家福的红巾军今晚要攻打清湖镇，街口要布防三道防线，武器不足，传令我们先把武器运出去……"那个士兵的警惕性很高，他马上怀疑上了："我怎么没听说？这些人是哪个分部的？不像是我们的人，莫非……"没等他把问题说完，周红菱的飞刀便封住了他的口，清兵立马闭嘴倒地。周红霞招呼大家迅速离开，来到了一处僻静的围墙跟，这是周红霞与秀才宋石辉约好的地点。按约好的信号，周红霞学猫叫声，墙那边立马以蛙鸣声回应，周红霞说："是宋石辉他们，快把东西扔过去。"大家手忙脚乱地解开捆绑的绳索，纷纷把军服、武器抛向墙那边，扔完后马上撤离。周红霞让大家回军需库，穿上军服装扮成清兵。

眨眼工夫，一支由女子装扮的清兵在周红霞的指挥下排成队，由李小强带路，步伐整齐大模大样地走向清兵指挥部，竟没引起清兵的怀疑。

而周小光则把杨娟和王丽青带到一栋平房前，他悄悄告诉杨娟，彩菊就关在这里。这时大门口两个看守的士兵警觉地问："谁？"并把长矛对准来人。周小光报出自己的大名："是我，周小光。陆游击叫我把女犯带去问话。"

门口的柱子上挂着一盏油灯，飘忽不定，像鬼火。一个哨兵质问道："黑灯瞎火的，把女犯带哪里去？没传令兵来，不行！"

周小光口气强硬地回答："你管得着吗？女犯我们一定要带走！"

两个哨兵晃了晃长矛，用咄咄逼人的口气威胁道："周小光，你想造反吗？再朝前一步，我们就不客气了！"

周小光看势头不对，口气马上缓和下来："那好，那就等传令兵来吧。"

周小光三个人正要离开，两个哨兵突然发现周小光带来的是两个女子，便大声喝道："站住！这两个女子是谁？干什么的？"

两个哨兵上来盘问，手中的长矛几乎要触及杨娟和另一女子的胸脯。杨娟一声："上！"两个女子冲上去，杨娟的手快如闪电，一手攥住一个哨兵的长矛，将两个哨兵的长矛夺过来，丢给王丽青一支，王丽青接住。两个哨兵扑上来想抱她们，女子往旁闪开，两个哨兵扑了个空。杨娟和王丽青手中的长矛几乎同时刺进了两个哨兵的胸膛，并将长矛柄一旋，两个清兵惨叫一声便倒在血泊里。

杨娟朝屋里面喊："彩菊，你在里面吗？我们来救你了。"

里面传出了彩菊的声音："我在，被绑着，快来救我呀。"

杨娟用脚踹大门，大门锁着，去摸两具士兵尸体的口袋，却没摸到钥匙，周小光说钥匙在陆游击身上。杨娟说等不及了，用东西把它砸开。只听她一声"看我的"，搬起一块大石头往门锁猛砸，两下就把门砸开了，彩菊喊道："杨娟姐，我在这儿！"

屋里啥也看不见，杨娟一跃而起取下柱子上的油灯，提着油灯进去。杨娟与彩菊是一对好闺密，杨娟几乎是扑上去，一把抱住被绑在柱子上的彩菊，说："彩菊，你受苦了，现在你终于得救了。"

王丽青催促道："时间紧迫，快解开绳子！"

捆绑彩菊的绳子很结实，又是死结，杨娟从腰间拔出匕首，眨眼割断绳子，拉着彩菊说："快走！"

可是彩菊又饿又乏，连走路的力气都没了，杨娟背起她就走。

李小强把她们带到离一幢二层小楼二十多米远的伙房前停下。李小强悄悄告诉周红霞："前面那幢小楼就是指挥部。陆游击和杨都司都住二楼。一楼有五个兵，都是有点武功的上等兵，他们手里有枪和长矛，你要小心。"

周红霞说："我们不可硬闯，要等待时机。伙房没人，现在我们先在伙房藏匿，等到子夜外面刘大哥的大军发起攻击，我们和镇上的宋石辉他们与刘大哥的大军里应外合，一定能取胜。"

周红菱发现红巾军的里应外合很有意思，她说："这次我们的里应外合有两个，除我们、二宋秀才与刘大哥红巾军里应外合外，其实，我们与二宋秀才也是里应外合，只不过是小里应外合而已。红霞姐，对吧？"

周红霞点点头："是啊，我们要做好两个里应外合的准备。现在只能按兵不动，一切按计划进行。"

十八

　　秀才宋石辉、宋三保在清兵军营围墙外接到女子别动队传送的军服和武器后，也藏匿在老三哥饭店里。宋石辉、宋三保研究后做了部署：等到子夜二刻，他们迅速混入清兵，火烧清兵军营，搞乱清兵阵营，配合红巾军进攻。老三哥仗义疏财，拿出最好的酒、烧最好的菜来犒劳他们。这支秀才领导的义军有百余人，他们几乎挤满了饭店的每个角落，只有少数人坐着，大多站着。他们放开肚皮大块吃肉，大碗喝酒，但因是战前秘密聚会，所以不可高声喧哗，他们只吃只喝不叫不吵。门是关着的，外面的人不会知道饭店里挤满了人。执勤的清兵的脚步时不时地响起又消失。宋石辉安排了一名兵丁守在门板后面，盯着外面的动静。他们从落日开始吃喝，一直到夜里。

　　酒喝到兴头上有人竟把军规忘了，宋石辉的两个士兵竟猜起了拳，当即被宋石辉训斥制止，可是已经迟了。四个执勤的清兵正好路过老三哥饭店门口，听见饭店里面有喧哗声，马上有所警觉，领头的朝门口走来。里面望风的士兵立即向众人发出嘘声信号，并吹灭了油灯，大家立刻肃静下来。门外清兵小头目把眼睛贴到门板上，从门缝往里瞧，黑乎乎的什么也看不见，小头目使劲地拍门板喊开门。义军士兵们都屏住呼吸，店内静得像幢空房。小头目觉得这家饭店十分可疑，见没人来开门，便决定强行打开，命令士兵用长矛去撬门板，一排门板被撬得哗哗响，木结构的二层楼似乎在摇晃，看来清兵不撬开店门不罢休。宋石辉和宋三保紧张商量后决定，干脆开门迎敌，他下令打开店门。店门突然打开，四个清兵气势汹汹要闯进来，岂料，未等回过神来，就被一窝蜂拥出的义军拉进屋摁倒在地上，并马上被剥了衣服后刺死。宋石辉和三个士兵冒充四个执勤的清兵走出门巡逻去了。其实宋石辉他们是去侦察清兵布防情况，以便起事时知道如何应对。

戌时三刻，天色已暗，驻扎在小清湖的红巾军的官兵们已经吃饱喝足，军部的"五人团"除周红霞外，四人聚在一起商议进攻策略。吴嘉猷心急如焚，主张马上进攻。关键时刻刘家福要听两个军师，尤其是自己的军师的意见，他请两位军师发表高见。刘家福的军师祝耀南和吴嘉猷的军师苏春灵两人的观点完全一致，都主张运用《孙子兵法》中最高明的打法——不战而屈人之兵。祝耀南分析说："我们有万人之众，守镇的清兵才四五百人，力量对比悬殊，清兵几乎是螳臂当车，若战，清兵必定自取灭亡，我们凭浩大的声势就可吓溃清兵。"苏春灵想了个法子，可令红巾军围困清湖镇，然后点燃千个火把，万人齐吼，形成雷霆万钧声势对守镇的清兵进行恐吓，不怕敌兵不降。刘家福对两位军师的计谋大加赞赏，决定采纳，并下令向清湖镇进军。一声号令，千余个火把点亮，似夜空繁星，照亮了半边天，照着万人大军豪迈的脚步。

十九

　　清湖镇本是繁忙热闹的码头，一条纵贯南北的老街，街上商铺林立，一到夜晚酒店客栈、茶馆、妓院门庭若市；一条须江绕镇而过，须江上本是船帆如林，船上灯火点点，船娘的笑声、艺人的琴声与商贾喝酒猜拳声交织成码头夜晚的主旋律……可大战在即，仿佛到处都能闻到火药味儿，商客、小贩、挑夫、船娘及游民早已跑得无影无踪，甚至连江面上的船也被清兵驱逐清零，清出的渡船一律烧毁，以防被刘家福的红巾军利用。所以，此时江面上显得风平浪静，只有街道上传来匆匆的脚步声和军营里的喧哗声。

　　而此时在防守清湖镇的清兵营指挥部里，杨都司与陆游击正为清湖镇排兵布阵的问题争吵不休。陆游击认为清湖镇是县城的前沿重镇，一旦被红巾军攻破，县城将不保。所以必须死守，要求从守城营再增兵驰援。杨都司不赞同陆游击的意见，他说密探报告，刘家福的红巾军有近万人之众，防守清湖镇的区区几百士兵还不够红巾军塞牙缝，清湖镇肯定不保，而唯一能抵挡红巾军的便是须江这条屏障，目前只有这座浮桥连接两岸，只要毁掉浮桥，须江水深面阔，红巾军就是插上翅膀也休想飞过去。杨都司主张主动撤军至江西岸，然后毁掉浮桥，蹲守岸边，一旦发现红巾军渡江苗头，便坚决将其击退消灭。陆游击理直气壮地说："杨都司，知县大人派您来是为了加强本镇的防守力量，与我协同作战，共同击溃红巾军。可您未战就先撤，这可是逃跑行为，可要按军规论处的……"

杨都司一拍桌子，骂道："老子是来协助你的？我堂堂一个都司要听从你小小的游击指挥？笑话！什么逃跑行为？居然教训起老子来，真不知天高地厚！老实告诉你，不管红巾军什么时候打进来，老子已下令亥时一刻撤到须江西岸，然后烧毁浮桥，你若不撤，别怪我无情，生死听天由命！"

见两个指挥官争得不可开交，杨都司的副官不敢得罪上司，只好劝陆游击不要把鸡蛋往石头上碰，好汉不吃眼前亏，目前保住命要紧。陆游击极有个性，哪肯听劝。他坚持要与清湖镇共存亡，与红巾军决一死战。

二十

骑着枣红大马的刘家福率领红巾军逼近清湖镇,远远地望去,火把形成的长龙在游动,而且有许多条火龙在游动,都望不到首尾,似乎满山遍野都有火龙在游动,火光照亮了整个夜空。浩浩荡荡的红巾军以排山倒海之势压过来,清兵吓破了胆,赶紧下令命第一道防线的士兵朝野外瞎放了数枪。当红巾军大军快进入长枪射程内时,刘家福下令部队停止前进,然后传令官兵朝清湖镇大声喊话。一时间,满山遍野火把乱舞,喊声山呼海啸,大有气吞山河之势,这种气势足让敌方胆战心惊,极大地挫伤了敌人的意志,并大大削弱了敌人的战斗力。果然,清兵吓得魂不附体,不少士兵握着长矛或枪的手瑟瑟发抖,个个像被吓傻的猴子。躲在指挥部里的两个清兵指挥官杨都司和陆游击由于意见不合,各行其是,杨都司号令其部下提前撤离,还给陆游击下了最后通牒:假如在杨都司部队撤离后二刻内陆游击及其部队未撤,他将下令烧毁浮桥的舢板,一切后果自负。陆游击显得异常顽固,他发誓要与清湖镇共存亡,心里骂着杨都司是逃兵、怕死鬼。

埋伏在清兵军营伙食房的女子别动队发现有人从二楼指挥部下来,周红霞正欲下令冲上去刺杀,却发现来了一批清兵,因而不敢贸然动手,只好继续观察。但眼睁睁地看着两个清兵指挥官在士兵护卫下走掉,姐妹们都非常气愤和不解,尤其周红菱就要冲出来刺杀杨都司,却被周红霞制止。周红菱责怪姐姐周红霞失去了一个刺杀清军官的好机会。

杨都司率部撤离的消息，是宋石辉那三个冒充巡逻清兵的部下传回来的。宋石辉和宋三保商量决定，由宋石辉率二十人冒充陆游击的兵趁机混入杨都司部队撤离至须江西岸，伺机行动。当杨都司率部撤离经过老三哥饭店时，宋石辉带二十人小分队悄悄地跟在杨都司部队后头，向浮桥方向逃去。不料，逃到浮桥头准备过江时，清兵发现了跟在后面的这群可疑的士兵，并报告了杨都司。杨都司当即过来盘问。宋石辉告诉杨都司自己是陆游击部下的一个哨长，他觉得跟随陆游击与刘家福的红巾军对抗，只有死路一条，这样的抵抗牺牲没有价值，不想死，弟兄们也不想死，而杨都司主动撤离守卫县城的决策是正确的，所以来投奔了。杨都司信以为真，表示欢迎和赞赏。宋石辉这支小分队成功混入清军，跟随杨都司部撤离到了须江西岸。

陆游击亲临第一道防线指挥作战，到阵地时发现自己的士兵被吓得狼狈不堪，非常恼火，当场就斩了两个士兵，杀鸡儆猴。清兵们这才醒悟过来，尽量提起精神准备迎战。

刘家福见依两位军师以浩大声势恐吓致使敌方溃败的策略收效甚微，便决定强攻。刘家福一声令下，红巾军浩浩荡荡拥向镇口，陆游击下令向红巾军开枪，红巾军前头部队有数人中弹扑倒，但前仆后继，后面的红巾军大军像凶猛的洪水涌来。这时，藏匿镇中的女子别动队和宋三保的义军趁机投入战斗，他们像一把把尖刀插入敌人的后背。周红霞不再含糊，她下令痛击敌人，以配合刘家福大军。她们在敌人背后突然袭击，敌人还没回过神来就命赴黄泉。她们像猛虎下山，将指挥部及附近的清兵杀了个片甲不留。宋三保带着数十人杀向敌人，与清兵展开了肉搏战，顿时敌兵营里乱作一团。陆游击哪料到会有红巾军潜入其部队，听到传令兵的报告，下令从第二道防线撤出一支部队去抵抗混入的红巾军。但周红霞和宋三保的两支义军英勇无畏，将增援的清兵逼了回去。此时陆游击既要迎战外面的刘家福大军，又要应付背后的两支红巾军小分队的袭击，腹背受敌，阵脚大乱，已无计可施，只好下令边打边撤，企图撤到须江西岸追随杨都司。

见清兵阵营已乱，且在撤退，呈溃败颓势，红巾军军心大振，喊杀声震天，如决堤的洪水滚滚而来，吓得清兵丢盔卸甲狼狈逃窜。

此时潜入镇上的周红霞的女子别动队与宋三保的红巾军小分队在清湖码头会合，然后一起追杀陆游击残部。

可当陆游击率残部退至须江浮桥头时，却发现浮桥已成一条巨大火龙，无法通行了。须江上的夜空被浮桥的熊熊烈火照亮了。原来杨都司率部撤离至须江西岸等待了二刻，仍未见陆游击撤出，即刻下令泼油火烧浮桥。浮桥由两条铁链将一只只舢板串连而成，小舢板全用杉木制成。清湖浮桥已有些年头了，水上部分的木板显得异常干燥，泼上洋油一点就着，那火势迅速蔓延开来，就成了一条巨大的火龙了。望着熊熊燃烧的浮桥，站在须江西岸的杨都司得意地哈哈大笑："刘家福，我看你有没有本事让你的红巾军飞过来！"

陆游击及部下败退至岸边企图过江却被火龙阻止，陆游击破口大骂。对岸的杨都司却得意地朝陆游击大笑："哈哈，陆游击，你不听本都司的话，非要与红巾军决一死战，现在怎么也当逃兵了？不是本都司无情，而是给你留机会你不珍惜，要怪只怪你自己了。哈哈哈……"

陆游击一撤退，红巾军便如入无人之境般迅速进入清湖镇。无数火把像繁星似的点缀着全镇的街道、码头、江岸，残留的清兵全被逼至浮桥头，但浮桥已成火龙，过又过不得，退又不能退。后面有周红霞和宋三保的两支小队撵着，刘家福大军挟着杀声也将汹涌而至，陆游击的残部被逼得走投无路。一些士兵被迫跳江逃命，少数不会游泳的士兵竟不顾浮桥上的烈火冲进火龙，却忍不住烈火烧烤跳入江中，瞬间被江水淹没；一些顽固分子继续顽抗，纷纷向红巾军射击投矛，陆游击趁慌乱之际，脱去军服，跃入水中逃命。见陆游击仓皇逃命，其麾下的清兵大乱，战斗力顿失，纷纷停止抵抗举手投降。周红霞的别动队和宋石辉的小分队与刘家福大军在清湖镇胜利会师。此时浮桥上的大火渐渐熄灭，浮桥水上部分的舢板全被烧掉，浸泡在水中的部分也散了架，被滚滚的须江水冲走。刘家福和吴嘉猷等红巾军的将领们只好望江兴叹了。

刘家福表扬周红霞和宋三保配合默契，且作战英勇。但杨都司率部撤离和陆游击的逃跑让周红霞和宋三保甚为遗憾。周红霞说："我们一直盯着杨都司，因进攻时间未到，且双方力量悬殊，我们不敢贸然行动，眼睁睁地看着这家伙带着部队逃走了……"

宋三保立马抢了话："这也是没办法的事，要怪就得怪我们这些爷儿……"

周红菱马上插进来说："哟，宋队长，听你口气是小瞧我们女子吧？难道只有你们男子才有这能耐吗？当时杨都司离开指挥部时，要不是我姐拦着，我非冲上去宰了他不可！多好的机会啊！唉，就这么白错过了。现在可好了，杨都司烧掉浮桥，没船可渡，让这龟孙子逃之夭夭！"

周老虎信心十足地说："逃得了初一逃不掉十五，只不过是让杨都司多活数日，等我们红巾军打过江，我亲手宰了他！"

周红菱嗤之以鼻地讥讽道："就凭你那三脚猫功夫就能杀掉杨都司？吹牛吧。"

周老虎和她较起了真："红菱，你敢和我打赌吗？"

周红菱响亮回答："有啥不敢的，赌就赌。赌啥？"

周老虎一时想不出赌啥，支支吾吾地说不出来。一旁的毛歪头给他出了个点子："周老虎，如果你亲手宰了杨都司，就让红菱嫁给你，行吗？"

众人哄堂大笑，一起起哄："好主意！"

毛歪头认真地问周红菱："你可愿意？"

周红菱立刻羞红了脸，嗔怪道："毛歪头，你出的这个是啥好主意？是馊主意！"

杨娟故意激她："这么说红菱同意了？"

周红菱拍了杨娟一下："去你的，我啥时同意了？要嫁，你嫁他吧。"

杨娟慌忙摆摆手说："别扯上我，我可没和周老虎打赌哦。"

毛歪头不满地说："你们女人真是太小瞧人家了，依我说，周老虎能杀掉杨都司，或者杀掉陆游击，他就是英雄了，你们个个都是美人，美人配英雄，有啥不可以的？大伙儿说说，对不对？"

众人起哄："对！"

站在刘家福、吴嘉猷身边的军师祝耀南摇着手中的拂尘兴致勃勃地走过来，对周红菱和周老虎说："毛歪头的主意不错，我觉得周老虎和周红菱蛮般配的，要是周老虎真能杀掉杨都司或陆游击，我愿意为你俩保媒，成全这桩美事。"

　　周红菱有点嗔怪地说："祝军师，毛歪头只是跟大家开个玩笑，您却当真了。您想想，杨都司和陆游击真有那么好杀的吗？"

　　刘家福也走过来了，乐呵呵地说："不管周老虎能否杀掉杨都司和陆游击，但他的精神可嘉，假如大家都能和周老虎一样雄心勃勃奋勇杀敌，我们红巾军将无往不胜！"

　　吴嘉猷心里惦记着县城牢房里的父亲，焦急地对刘家福说："刘大将军，浮桥被烧，江面上所有船只被清除，怎么渡江攻城？"

　　刘家福乐观地说："我们有两位军师，肯定有办法过江。我的两位军师大人，请问有何良策？"

　　祝耀南望着对岸，摇着拂尘说："渡江有两条路可走：会游泳的直接游过去，不会游的只能靠渡船了。"

　　刘家福大喜，马上下令："毛耀明、周东华、徐培扬，你们三人去寻找船只。"

　　毛耀明即毛歪头，他和周东华、徐培扬领命："是！"

　　刘家福问其余十八兄弟："谁会游泳？"

　　周老虎、周田光、柴鸿儒几乎齐声响亮回答："我会！"

　　刘家福命令道："周老虎，你带一队会游泳的士兵从上游游过江！"

　　周老虎答："是！"

刘家福："周田光，你带一队人从下游过江！"

周田光："是！"

刘家福："柴鸿儒，你带一队从正面过江！"

柴鸿儒："是！"

祝耀南将手中的拂尘一甩，对刘家福说："刘大将军，不要太急，先摸清敌情再行动，尤其正面过江应该暂缓，因为正面敌人严阵以待，若贸然行动，后果不堪设想。"

刘家福说："军师说得极是。周老虎、周田光、柴鸿儒，渡江之前去派人过江摸一下情况，如果对面的敌人没有防备，便可立即渡江。"

周老虎、周田光、柴鸿儒："是！"

六个兄弟领命去了。此时吴嘉猷已心急如焚，他问军师苏春灵有无更好的办法渡江。苏春灵沉吟片刻后说："办法倒有，就要看人家肯不肯。"

吴嘉猷急问道："军师，什么肯不肯，您就不要卖关子了，快说吧。"

苏春灵说："浮桥上的小舢板虽烧掉了，但两根铁索还在，若将门板架在铁索上稍做固定，部队可迅速通过。但就怕街上的老板和百姓肯不肯给我们门板。"

吴嘉猷担心道："若对岸的敌人发觉后用火力攻击我们，或干脆砍断铁索，怎么办？"

苏春灵说："当然只好强渡了。牺牲是难免的嘛。"

吴嘉猷把军师的计谋告诉了刘家福。刘家福觉得可行，当即命令部下去借门板。

毛歪头、周东华、徐培扬三个人找了半天没找到船只，改为分头借门板。毛歪头带着士兵来到老三哥饭店,向老三哥说明来意,老三哥二话没说,就自己动手卸门板,毛歪头命红巾军士兵将门板送往浮桥头。卸完老三哥的门板,毛歪头又来到隔壁的丝绸店,向丝绸店老板借门板,丝绸店老板显得无奈却又害怕,犹豫了一会还是答应了。店铺一家连一家,毛歪头一家一家地借,这些开店的老板虽不想借却又怕红巾军报复,最后都不情愿地将门板借给了红巾军。周东华向老板财主借,见老板财主磨磨蹭蹭的,到底是年轻气盛,管不了许多,人家不愿意就动手抢,他带了一群士兵,老板财主懂得好汉不吃眼前亏,只好眼睁睁地看着门板被红巾军的士兵卸下扛走,敢怒不敢言。徐培扬专向百姓借,百姓听说是红巾军借门板是为了铺桥过江去打清兵和官府,受够了清兵的欺压和官府的盘剥,他们一点都不计较,显得异常大方,还主动卸门板,有的还把床板甚至棺材板也献出来了,让徐培扬感激涕零。

接下来发生的事真的被吴嘉猷言中了,红巾军们刚开始在浮桥的两根铁索上铺门板,就被对岸的清兵发现了,杨都司命令士兵向铺门板的红巾军士兵射击,有个士兵被子弹射中跌落水中,身旁的另两个士兵跳入水中将他托起往岸上拖游过去。刘家福大怒,当即下令用大炮轰。从渔梁"借"来的两门过山炮立马被拖到岸边,他们将炮口对准对岸火把密集的地方,刘家福正欲下令开炮,不知从哪儿冒出来的宋三保急忙喊道:"刘大将军,且慢!"

刘家福瞪着他问:"宋三保,何事如此慌张?"

宋三保说:"刘大将军,宋石辉早已带二十人过江混进杨都司的兵里了,我担心一开炮会炸着我们那边的兄弟……"

刘家福一愣，但即刻镇定下来，说："管不了许多，现在对面姓杨的老贼已向我军开火，我怎可袖手旁观？宋石辉和他的兄弟们是否会被误伤，就看他们的造化了。炮兵请注意，向敌人开炮！"

顷刻间，"轰隆"声震天响，两门大炮吐出长长的火舌，火舌映红了半边天，在对岸的敌人阵地上开花炸响，火光亮如白昼，当即从对岸传来鬼哭狼嚎的惨叫声。刘家福得意地哈哈大笑，骂道："杨贼，尝到老子过山炮的厉害了吧？若再敢与我红巾军对抗，叫你脑袋开花！"

一旁的宋三保却揪心地说："那炮弹可不长眼的，不知我石辉兄弟如何了。"

军师祝耀南说："我算过了，宋石辉不会有事。"

刘家福拍了下宋三保的肩膀，说："放心吧，我军师说没事就没事。"

这时，前去摸敌情的周老虎、柴鸿儒、周田光相继回来，他们浑身湿漉漉的，他们下过江。他们报告说上游对岸的敌人很少，可以过江。刘家福下令："兵分四路，立即过江！"

周田光、柴鸿儒、周老虎各带一队人马分别从上游、中游、下游过江，刘家福亲自率大军打算从用木板铺就的浮桥上面迅速通过。趁对岸的清兵还没缓过神，红巾军立马投入紧张的铺设铁索门板桥的战斗中。在小将吴如海的指挥下，士兵们将门板、床板铺在两根铁索上，然后在门板、床板两头用木条、铁钉钉死，将一块块门板、床板连一起。但江水冲击着铺在铁索上的门板、床板，有的刚铺上就被水冲走，会游泳的士兵跳入江中将它捞上来重新铺上，负责固定门板床板的士兵们与江水展开了搏斗，他们用身体死死地压住门板、床板不让水冲走，急命地敲锤钉钉，以最快速度将它们连接起来。

大炮轰了两下后，对岸的清兵只短暂慌乱，很快缓过了神，杨都司命令他们向红巾军射击，红巾军又有人伤亡。刘家福肺都气炸了，他再次下令炮轰，并每间隔一段时间放一次，直至将炮弹打光。两门过山炮轰了两次后，又把清兵镇住了。铺桥工作加速进行。同时，周老虎、柴鸿儒、周田光分别带领各自的特战队偷渡过江。

而在江对岸敌营里，宋石辉率领的部队，因势单力薄不敢贸然行动，正等待时机配合对岸的红巾军作战。宋石辉虽一介书生，没有作战经验，但他的脑瓜灵，当听见对岸红巾军大炮响起，看见火球从天空中飞来，就叫部下立即避开火球飞来的方向，故而逃过一劫。当炮弹在清兵中炸响之时，宋石辉本想趁乱杀敌，但杨都司非常狡猾，命令士兵卧倒并让其朝正在铺设浮桥的红巾军射击。这么一来宋石辉就不好从背后下手了，为不引起怀疑，宋石辉暂时听令于杨都司，和清兵一样卧倒射击，但他们朝别的方向乱放枪。宋石辉悄悄告诉部下每个士兵，等到红巾军渡过江，就开始行动，从背后向清兵开火，与刘家福大军两面夹击，有力地打击敌人。

那个守护清湖镇的陆游击被红巾军追赶而跳江逃跑后，已在江中游了许久，疲惫不堪，他无力再与汹涌的江水搏击，随波逐流。周老虎带着一队人从须江下游游过江，当周老虎游至江对岸滩涂时发现身边有一个黑乎乎的东西沉浮不定，觉得好奇，便游过去捞，这才发现原来是个人，他抱着一棵枯树任半人深的江水拍打。此时陆游击用微弱的声音向他求救："救救我……"周老虎管不了他是谁了，背起他深一脚浅一脚地往岸边走去。当周老虎把陆游击救上岸时，陆游击想站起来，却怎么也站不起来，像一摊烂泥倒在地上。这时，周老虎才回过神来，发现这人穿着清兵的军服，料定是个清兵，便问他是何人。神志不清的陆游击以为是被自己的兵所救，便如实相告："我是陆游击。谢谢你救了我，日后我将会重重提携你。"周老虎一听，喜怒参半：喜的是他与周红菱打了赌，若是他逮住了杨都司或陆游击，周红菱就嫁给他做老婆。周红菱长得俊，他蛮喜欢。如今歪打正着，江中无意救了个人，没想到此人正是陆游击！他在心里说：红菱妹，陆游击我逮到了，看你还赖账不？怒的是陆游击是守镇敌人的首领，是他命令部队与红巾军对抗，使红巾军的先头部队伤亡不小，罪大恶极。假如没与周红菱打赌，此刻他就一刀宰了他。士兵们听说周老虎救上来的竟是守镇敌军的首领陆游击，都喊杀了他。他们说到时会替周老虎作证，成全他与周红菱的美事。但周老虎觉得此时陆游击已无反抗之力，宰他如囊中取物一样轻松，他想将陆游击交给周红菱处置，所以周老虎决定暂时留他一命，草草地用绳子将他捆了扔在岸上一棵树下，然后带着士兵悄悄向清兵侧翼摸去。

　　而上游、中游的周田光和柴鸿儒也带领各自的小分队成功渡江，他们埋伏在敌后，伺机向敌人开火。

　　这一切杨都司还不知晓，他骑着马，两眼盯着正在铺设临时浮桥的红巾军，疯狂地命令士兵朝铺浮桥的红巾军开枪射击。火力很猛，不时有红巾军，士兵被击中倒下，但英勇的红巾军前仆后继，在敌人的枪林弹雨中，在滔滔江水的冲击下，硬是将门板、床板铺向桥对岸。离对岸越来越近，三十米、二十五米、二十米……当离岸仅一步之遥时，埋伏在敌人身边的周老虎、周田光、柴鸿儒突然下令向清兵开火，而混在清兵里的宋石辉也趁机里面开花，杀向清兵。这边刘家福大军正通过临时搭建的浮桥冲杀过来，喊声震天，背后和身边又有潜伏和偷渡而来的红巾军偷袭，如此里外呼应。杨都司和清兵都猝不及防，杨都司顿时魂飞魄散，傻了一般看着自己的士兵被攻击，士兵们如热锅上的蚂蚁到处乱窜，鬼哭狼嚎地乱叫，场面混乱不堪。

刘家福的大军源源不断地过了桥，冲向敌人的阵地，所向披靡，清兵哪招架得住。杨都司吓得命令部队向县城撤退，清兵边抵抗边往县城方向溃退，来不及撤退的被打死或击伤。杨都司只顾逃命，哪管士兵的死活。在一部分士兵的护卫下终于逃出了阵地，此时他的部队已死伤过半，没逃出的士兵都当了红巾军的俘虏。

战斗胜利结束，红巾军以极小伤亡的代价打败了杨都司的部队。红巾军的士兵们欢呼庆贺，须江西岸无数疯狂舞动的火把仿佛是一片波涛滚滚的火海，海啸般的欢呼声此起彼伏，须江可以作证，此时此刻——光绪廿六年六月廿日的清湖镇，也许是那时全世界最热闹、最疯狂的一个东方小镇。

身为统帅，刘家福两手叉腰，高高地站在岸边一块巨石上，君临天下似的望着红巾军欢呼庆祝的壮观场面，激动万分，心情难以平静。他的身旁围站着两位军师和“十八兄弟”，他们是刘家福的左膀右臂、干将和智囊团，他们也和士兵们一样高声欢呼庆祝，只是两位军师显得有些矜持。忽然，刘家福想到了一件重要事情，他问身旁的“十八兄弟”：“杨都司和陆游击两个恶贼抓到没有？"

周老虎响亮地回答："报告刘大将军，陆游击被我抓到了。"

刘家福惊喜不已，打趣地夸赞道："好哇！陆游击是恶狼，老虎抓恶狼，有意思。周老虎立了一大功！我代表红巾军谢谢你！"

刘家福望望左右，问道："人呢？陆游击呢？"

周老虎赶紧回答："被我捆住扔在江边树丛里。"

刘家福命令："把他押过来！"

周老虎接令："是！"

周老虎当即命令两个士兵去把陆游击押过来。两个士兵接令而去。

刘家福又问："还有那个姓杨的恶贼呢？"

宋石辉沮丧地回答："让这姓杨的恶贼跑了……唉，当时我们人少，没能拦住。"

带先头部队过江的周田光和柴鸿儒也叹着气说，当时因天黑看不清，混战中不知道杨都司在哪儿，否则一定先取下他的狗头来见刘大将军。最终还是让他溜了。

刘家福没责怪他们，乐观地说，让他溜回城多活会儿，县城很快便会攻下，到时砍下姓杨的狗头也不迟嘛。哈哈哈……

刘家福爽朗的笑声立马驱散了弥漫在两位军师和"十八兄弟"心头的阴霾，大家轻松了许多，开始说笑起来。毛歪头像记起了什么有趣的事来，大声道："咦，怎么不见周红菱？"

他身后马上传来一个声音，正是周红菱的："毛歪头，咋啦？"

毛歪头"嘿嘿"笑道："我以为你不在。正好想问问你，你与周老虎打的赌算不算数？"

周红菱明知故问："打啥赌呀？"

毛歪头较真地回敬："嗬，今天刚和周老虎打过的赌就不认账了？你俩打赌时许多人都听见了。杨娟，你是红菱的好姐妹，你可作证。"

站在周红菱身旁的杨娟用不容置疑的口气说："毛歪头说得没错儿！红菱，你就认输吧，乖乖嫁给周老虎得了。哎，祝军师说过要给你俩保媒哩。"

周红菱一掌拍在杨娟肩上："你怎么也帮别人说话？坏蛋！"

杨娟不客气地说："说话要算数。不许后悔！"

周红菱突然来了个一百八十度大转弯："谁说话不算数啦？只要周老虎把陆游击逮到我面前，我就嫁给他！"

众人一片欢呼："红菱嫁周老虎，好哇！我们有喜酒喝了！"

毛歪头得意地说："等攻下县城，刘大将军肯定会给你俩办喜宴，一同庆贺！"

周老虎不吭一声，心里可美着哩。

可是，两个士兵回来时沮丧地向刘家福报告："刘大将军，不好啦，那个陆游击不见了！"

刘家福吃惊不小，厉声问道："怎么回事？你不是捆住的吗？为什么不将他看住？！"

周老虎懊悔莫及，支吾着不知如何作答。军师祝耀南替他说话了，祝耀南揣测道："刘大将军莫急，陆贼跑不掉，他定是躲在附近可以藏身的地方。"他问那两个士兵："附近草树丛里可找过？"

他们摇摇头："没找，我们只到扔下他的地方看了一眼。"

刘家福立刻下令："快带人去找！"

周老虎："是！"

周老虎带了一队人马立即离去。

他们打着火把来到江边陆游击失踪地附近寻找起来，凡是草丛树丛石头背面等可藏匿的地方都不放过，仔细地寻找。突然，有个士兵惊叫起来："头儿，这里藏着一个人！"

周老虎和几个士兵赶过去，用火把一照，果见小树丛里蹲着一个人，周老虎用脚踹了他一下，命令他："抬起头来！"那人听话地抬起了头，周老虎一眼就认出来了："好家伙，原来绳子还捆不住你啊。不过，现在这儿都是咱们的天下，即便你钻进地缝里也要把你揪出来！"

此人便是陆游击！本是威风凛凛的守镇军官此时却变成了躲在小树丛里的可怜的落汤鸡。周老虎觉得滑稽可笑，阴阳怪气地对他说："陆游击，是你自己走，还是捆绑押着走？"

陆游击终于回话了，他战战兢兢地说："我自己走。"

周老虎一队人马把陆游击押到刘家福面前，指着陆游击："报告刘大将军，陆游击被我们逮住了！就是他！"又命令陆游击："见了我们刘大将军还不快快跪下！"

陆游击却不下跪，周老虎朝他屁股踹了一脚，陆游击一个趔趄扑倒在地，却迅速爬起来站住。周老虎一下子火了，命两个士兵强行把他按住，然后用脚踹他的小腿，这才制服他。但他却挣扎着要起来，刘家福笑道："嚯，挺有骨气的嘛，有种！"

周老虎哂笑道："他有啥骨气？有骨气的人咋会像狗一样躲进树丛里的呢？"

刘家福故作惊讶："哦，可有这等事？原来陆游击也是个怂包蛋哩。哈哈哈。"

周老虎恼怒地说："刘大将军，这家伙这么顽固，干脆一刀让他见阎王算了！"

刘家福摇摇头，说："不可，这颗狗头留着有用。老虎兄弟，这颗脑袋暂时由你保管，不能再让他溜了。"

周老虎不服气地说："留他还有啥用？不如割下他脑袋省事，还要我派人看管。马上就要打县城了，这不是累赘嘛。"

此时，军师祝耀南趁机借题发挥了，他摸着山羊胡子笑道："怎么会没啥用呢？留着姓陆的这颗脑袋，到时你可名正言顺地与周红菱成亲呀。哈哈哈……"

身旁的杨娟、毛歪头等人也趁机起哄：

"老虎哥，你得感谢姓陆的这颗狗头，有了他，你才能与红菱成亲呀。是吧？"

"我看等打到城里，兄弟们可歇息，喝周老虎的喜酒了。"

"对！打下县城让周老虎和周红菱拜堂成亲！"

杨娟还将周红菱往周老虎身上推，周红菱羞得朝人群里钻，惹得士兵们喝彩叫好。

一直沉默寡言的吴嘉猷急切地提醒刘家福说："刘大将军，现在军心激昂，清兵正向城里溃退，该一鼓作气去攻城，此时攻城十拿九稳，也可早些救出我父亲，还有周红霞的师父，不知他们现在是死是活……唉，真急死人啊！"

刘家福转脸看着祝耀南和苏春灵："两位军师，你们意下如何？"

两位军师都点点头。祝耀南说："嘉猷所言极是，清湖镇是攻下了，但只是一镇，是小胜，攻下县城才是大捷。"

苏春灵催促道："请刘大将军快下命令吧。"

两位军师的话语立即引发海潮般的响应，将士们山呼海啸似地举起枪矛大喊："打到县城去！活捉杨怀清和周绪一两个老贼！"

周红菱还振臂高呼："打败清兵，救出毛觉平主持！"

周红菱的喊声感染了吴嘉猷，他也高喊一声："父亲，我救您来了！"

刘家福趁势向全体红巾军宣布："红巾军的兄弟姐妹们，现在我们攻打的目标是县城。出发之前，我有话对大家说。我们和太平军不同，我们有我们的军规。现在我在这里向大家'约法三章'：第一，不欺负、惊扰城里的老百姓；第二，不抢安分守己的财主；第三，缴获的财物要归公。"

宣布完军规之后，刘家福大刀一挥："出发！"他手执大刀策马走在最前头，红巾军的将士们紧跟着他向县城方向挺进。

二十一

都司杨怀清带着残部连夜败逃至江山县城，嘈杂的马蹄声和士兵的脚步声如雷声滚过，全城百姓在睡梦中被惊醒，恐慌不已，大气不敢出，财主们更是惊恐万状，有的竟抱着装着金条银圆的箱子躲进房中的地窖。杨怀清骑至县衙府前，见大门紧闭，他跳下马就去拍门，大喊："知县大人，快开门！大事不好啦，红巾军要打进来啦！"

衙门开了，杨怀清和随从快步进入，知县周绪一边穿衣服边走出卧室迎接。周绪一惊问："刘家福真的打进来了？"

杨怀清愤懑地骂道："也不知那姓刘的龟孙子使了啥魔法，招来了成千上万的穷鬼，穷鬼们都不要命的，我和陆游击的兵都招架不住，硬让他们渡过了江，要不是我跑得快，说不定早成了那龟孙子的刀下鬼了。"

周绪一"啊"了一声，愣了会儿后，急忙下令："巡捕营归杨都司统领，快派人去加固城门，准备应战！"

杨怀清只好领命，迅速召集营汛军官，连夜布置抵抗任务。他们分别加固了各城门，并在各城楼上准备了弹药和大量石灰，以对付来攻城的红巾军。

贪生怕死的周绪一知道，靠百余名清兵和巡捕去抵挡刘家福红巾军的进攻无疑是螳臂当车，等杨怀清一走，他就与师爷进了内房商议逃跑之策了。

红巾军在县城里有两个内应，一个是守城营的小汛长魏旭华，他是刘家福的好兄弟，当年刘家福从城郊甘蔗林逃跑时就是被他放走的。起义之前，刘家福曾派当信差的兄弟毛允本去与魏旭华暗中联络，约定红巾军攻打县城时魏旭华率部起义接应。毛允本还联络了城内的另一个内应——武举人王修德。王修德暗中组织了八十多名贫穷的饥民，俟机出击。当杨怀清残部被红巾军打败逃回县城之后，魏旭华和王修德便知道火候到了，准备行动。

魏旭华带着二十多名清兵跟着杨都司到红巾军攻打的第一个城门——大南门，爬上城楼。正当城门外的红巾军举着火把高喊着"杀"字攻打城门之际，杨都司下令持枪的士兵向城外如滚滚洪水涌来的红巾军射击，并令另一部分士兵等红巾军近前将石灰倾倒下去。魏旭华负责向红巾军倾倒石灰，他在心里盘算着如何将石灰撒向杨都司及清兵，让他们个个成为瞎子，丧失战斗力。魏旭华和身旁的几个兄弟嘀咕了几句，便悄悄地和几个兄弟一起双手各从盛着石灰的箩筐里抓了一把石灰，朝正在指挥作战的杨都司及向红巾军射击的士兵的脑袋撒去。只听"啊"的一声，杨都司双手捂住眼睛，愤怒地大喊："有刺客，快拿下！"因那些端枪射击的清兵面部朝外，撒出去的石灰并没能有效地弄坏他们的眼睛，他们听到杨都司喊叫后马上醒悟过来，调转枪口与魏旭华对峙。魏旭华大喊："兄弟们，刘家福的红巾军就要打进来了，我们该豁出去了！"他和兄弟们扑向杨都司及清兵，这时两个清兵及杨都司的副官急忙冲上去拼死护住杨都司，边打边往城楼下撤。城门外的红巾军发现城楼上敌人的火力突然消失，便趁机发起冲锋，进行强攻，有架设长梯攀爬城楼的，有抬着大木猛撞大门的，几乎眨眼工夫，城门被撞开。红巾军如决堤之水迅速涌进城内，将来不及撤退的清兵杀个片甲不留。

　　杨都司被副官及士兵救下，撤离城楼后，他们只顾逃命。杨都司他的眼睛已被石灰灼伤，疼痛难忍，忠诚的副官脱去自己和他的军装化装成老百姓，敲开了一户人家的门，谎称自己是进城做生意的生意人，东西被官府的兵抢了，还被追杀，恳求庇护。屋里只有一对老人，老人非常害怕，但又似乎同情他们的遭遇，一时不知如何是好，迟迟没有答应。副官可没这耐性，立马变了脸，威胁道："若不答应，就烧了你们的房子！"两位老人立刻知道这两个不是什么善类，一定是躲红巾军才闯进来的，但不敢得罪他俩，只好让他们躲藏起来。

二十二

　　红巾军攻破城门的那一刻，城里的武举人王修德也率八十人的队伍迎敌作战，他们手执菜刀、铁棍等武器突然从一条小巷里冲出来，与正在溃退的清兵撞个正着。王修德一声大喊："杀！"义军们冲向清兵砍杀起来，黑暗中分不出你我，很快变成了双方混战，顿时惨叫声一片……

　　刘家福骑着枣红大马冲在最前头，他挥着大刀砍瓜切菜似的砍杀清兵，将清兵杀得鬼哭狼嚎，四处乱窜。

　　吴嘉猷和周红霞各率领自己的兄弟、姐妹紧随其后，他们一心要救被关在牢房里的人，吴嘉猷救的是他父亲吴洪星，周红霞救的是师父毛觉平，俩人都心急如焚，却不知牢房在何处。幸好周红霞妹妹周红菱捉住了一个清兵，周红霞逼他带路去找牢房。这个清兵不敢怠慢，屁颠屁颠地带着她们去了。没想到，周红霞前脚刚进，吴嘉猷后脚也来了。一进牢房，简直进了猪圈，臭气熏天，蚊蝇飞舞，尤其"嗡嗡"叫的蚊子扑咬人脸和裸露的肌肤。此时牢房的狱卒逃得无影无踪，只有被关在牢房里的囚犯们"哇哇"地乱喊乱叫。囚犯们知道变了天，许多人都在喊是刘家福的红巾军打进来了，个个都在欢呼庆贺。周红霞和姐妹们叫着师父的名号："毛觉平师父！我是周红霞，我们救您来了，您在哪里？"吴嘉猷也喊着父亲："父亲，我是嘉猷，您在哪里？"周红霞和姐妹们边叫边问每个牢房里的犯人，吴嘉猷和兄弟们也挨着牢房问，可犯人们都摇着头，他们哪知道被关进来的人是谁呢？他们急切地叫嚷着快放他们出去。吴嘉猷下令放他们，红巾军的士兵们便用大刀砍掉锁住牢门的铁链。囚犯们如被在鸡舍关了一天一夜的鸡，直往外冲，竟把周红霞姐妹和吴嘉猷兄弟冲撞得东倒西歪，站都站不稳，唯恐要救的人混在囚犯中冲出去，周红霞姐妹和吴嘉猷兄弟举着火把，眼睛睁得滚圆，看着这些"饿鸡"。可牢房里能跑的都跑光了，剩下几个受过重伤无法逃跑的，有间牢房的角落里半躺着一个人，听声音是个老者，他嘴里发出轻微的叫声："红霞，是你们吗？"

周红菱最先听到这叫声，大呼起来："师父，是您吗？我是红菱，红霞带我们救您来了。"

姐妹们冲进这间牢房，扑向半躺在地上的老者，拿火把一照，果然是师父毛觉平。周红菱和周红霞喜出望外："真是师父！"一起去扶他，"师父，我们扶您出去。"

师父刚被扶起却又瘫下去，师父说："我的腿断了，走不了了。"

几个姐妹争着背他，周红霞说了句"我来背"，就背起他往外走。她问师父腿是不是被狱卒打断的，师父告诉她，他被关进牢后，狱长听说他的女徒们都参加了红巾军，便逼他去劝说女徒弟退出红巾军。毛觉平坚决不从，狱长恼羞成怒，令手下对他施刑，最终打折了他的一条腿，然后把他扔进牢房。听了师父悲惨的遭遇，周红霞心中怒火万丈，咬牙切齿道："狗杂种，被老娘逮住了非把他活剐不可！"

吴嘉猷也很快发现了被关在牢里的父亲，可他的父亲没有周红霞的师父那么幸运，他的父亲没能活着等到儿子来救他。当吴嘉猷发现父亲时，父亲的身子已经冰凉了。吴嘉猷悲痛欲绝，他抱着父亲冰凉的躯体泣不成声："父亲，儿来迟了……"兄弟们极力地劝他，他的军师苏春灵劝道："吴将军，人死不能复生，节哀顺变吧。况且现在也不是悲伤的时候，现在最要紧的是您要替父报仇，我们一起替您为父报仇，把凶恶的狱卒、清兵和腐败丑恶的官员、财主全部杀光！"兄弟们也表示要替吴将军报杀父之仇。

　　在军师和兄弟们的劝说下，吴嘉猷终于清醒过来，他小心翼翼地把蓬头垢面、瘦骨嶙峋的父亲放在稻草上，替父亲拿掉沾在头发上的稻草和脏物，悲戚地对父亲说："父亲，您先躺着吧，儿替您报了仇后再来接您。"然后跪下向父亲鞠了三个躬，站起来咆哮道："兄弟们，跟我去替我父亲报仇哇！"吴嘉猷操起地上的大刀用力一挥，大步流星地奔出牢房……

　　红巾军像秋风扫落叶般将城里的清兵基本肃清，可是当刘家福攻占县衙门时，却不见知县周绪一，只逮到了师爷。刘家福让他交代周绪一去向，师爷如竹筒倒豆子把知道的全倒出来。原来，周绪一见县城守不住便想溜了，可他为了稳住军心，没有明目张胆地逃跑，而是脱去官袍和乌纱帽，打扮成一个普通老头。可已来不及了，红巾军已攻进城，到处都是红巾军的士兵，周绪一怕被红巾军的士兵逮住，只好钻进北门的水星楼的下水道逃出城。刘家福问师爷为何不跟周绪一逃跑，师爷说："老爷是叫我一起逃跑，但我没跑，因为我已经老了，命不值钱了，红巾军想拿走就拿走吧，所以我坐在衙内等你们红巾军来抓。现在我被你们捉住了，要杀要剐随便。"

师爷一副铁骨铮铮的样子让刘家福刮目相看。刘家福夺过随从手上的火把照着，把他打量了一番，厉声问道："很有骨气嘛，你真不怕死？"

师爷毫无惧色地说："我已是被绳子捆住的蚂蚱了，而绳子就攥在你们手上，怕不怕死已无意义了。动手吧。"

刘家福"嘿嘿"地笑了两声，再问道："县太爷周绪一是个十恶不赦的恶官，若被捉住脑袋定要搬家。而你身为师爷，想必也好不到哪里去，你干过的坏事肯定也不少。你老实交待，究竟干过哪些坏事？"

军师祝耀南走过来，丢给师爷一句："你是师爷，助纣为虐的角色，至少是半个恶人吧？"

师爷矢口否认："天地良心，我可没助纣为虐……周绪一他的确恶贯满盈，但我绝没有推波助澜，每次他干坏事，我都苦苦劝导，但遗憾的是均未有奏效，他太专横固执了……所以不知底细的人都以为是我在背后使计，我百口莫辩，犹如黄泥巴抹在裤裆上，不是屎也是屎了。"

祝耀南对师爷的话将信将疑："你凭啥证明你在狼窝虎穴，却没有助纣为虐？"

师爷笑道："当然我说了不算，你问问外面的百姓，自然就知道了。"

刘家福似乎有点信他了，当即命令随从找两个老百姓问个明白。

随从很快把穿得破破烂烂的一老一少带进来。

刘家福笑问道："你俩都是城里人吧，这位师爷可认得？"

这一老一少是爷孙俩，他们害怕地抬起头朝师爷看了一眼，老头说："认的，他是县衙里的师爷大人。"

刘家福又问道："他是好人还是坏人？"

老头答道："师爷和知县不是一路人，他还算有良心，没有祸害过百姓，他还帮过好几个鸣冤叫屈的百姓哩。"

刘家福一听乐了，赶紧说："别为难他，放了！"

师爷慌忙给刘家福等人作揖致谢："刘大将军手下留情。谢谢，谢谢！"

师爷赶紧走了。刘家福让随从给了老头几个赏钱，爷孙俩向刘家福鞠了一躬，谢过后也走了。

这时，刘家福像记起了什么，问道："杨怀清这老贼捉到了吗？怎么没人向我汇报？"

军师祝耀南觉得奇怪，他回忆说："我们攻城时，我就听到大南门上的杨怀清在大喊大叫地指挥清兵作战，可后来就没人影了，是死是活不得而知。有谁知道吗？"

邮差毛允本答道："按事先约定，城内应有守城营的小汛长魏旭华和武状元王修德两支队伍接应，所以能对付都司杨怀清的也只有他们了，是死是活得问问他俩了。"

刘家福高声问道："魏旭华、王修德两位在吗？"

魏旭华的一个清兵报告："报告刘大将军，杨都司被我们用石灰弄伤眼睛后被救走了，魏汛长正带着几个兄弟去找了。"

王修德手下的一个伙计也走近刘家福报告："报告刘大将军，刚才我们头儿王修德不幸战死，是被一个叛徒杀害的。"

刘家福厉声问："叛徒抓到了吗？"

这个伙计答："报告刘大将军，叛徒已被我们当场斩首送上西天。"

"好！这是叛徒的下场！"刘家福称赞道，"武举人王修德是我们的好兄弟,他为我们打县城立下汗马功劳,却冤死在一个叛徒手里,真让人悲愤!修德兄,杀害您的叛徒已被问斩,为您报仇雪恨,您也该瞑目了。"

二十三

　　红巾军占领江山县城后，打开牢房救出了周红霞的师父毛觉平和反抗官府的平民百姓，然后实行全城宵禁，并加强东南西北九座城门的岗哨，以防止清兵突袭。此时已是凌晨，城里的百姓欢欣鼓舞，纷纷涌上街头看望红巾军，有的放鞭炮庆贺。大街小巷挤满了红巾军和欢迎红巾军进城的百姓，欢呼声响彻云霄。红巾军官兵沉浸在胜利的喜悦里。刘家福更是欣喜若狂，下令打开官府粮仓和江山最大的粮店——何六师的万昌米行，放粮济贫，将残害百姓的土豪劣绅财主奸商——惩处：没收财产，罪大恶极的被关进牢房，择日斩首示众。当夜，那些肉铺、酒肆的老板献出许多猪肉、好酒，犒劳红巾军。红巾军叫来饥民喝酒吃肉，一同庆贺攻城大捷。

　　刘家福的庆功宴摆在清军的守城营里，他的"十八兄弟"和各路首领及两位军师齐聚一起，开怀痛饮，他们大碗喝酒，大块吃肉，笑声、吆喝声、欢呼声、干杯声合奏成嘈杂却欢乐的胜利曲。

　　刘家福发现结拜兄弟吴嘉猷一人默默地坐在凳子上，不吃不喝，样子非常哀伤。他走过去轻轻地拍了下吴嘉猷的肩膀，安慰道："嘉猷大哥，你父亲也是我的义父，他被狱卒折磨致死，我也同你一样万分愤慨，恨不得将狱卒一个个捉来千刀万剐。我们杀了许多清兵，说不定那些混进清兵中的狱卒也被我们杀了，也许其中就有折磨义父的……唉，我们迟了一步未能使义父得救，我心里也觉得内疚不安。可是我们毕竟打败了清兵攻下了县城，值得庆贺，倘若义父在天有灵，也会为我们的胜利感到欣慰的。你别太伤心了，喝碗酒浇浇愁吧。"

吴嘉猷的军师苏春灵也劝道："嘉猷，我理解你的失父之痛，可人死如灯灭不能复生，男子汉大丈夫，应以事业为重，振作起来吧，明天我们还要继续战斗。"

在众人的劝慰下，吴嘉猷终于醒悟过来，他用手抹了一把脸，"霍"地坐起，掷地有声地说："我要杀死所有官府的人，杀死所有的清兵，为父亲报仇！为被欺压的穷苦的百姓们报仇！"说罢端起一碗酒，一饮而尽。

"好！我就等你这句话。"刘家福猛地一拍桌子，豪迈地说："今晚稍作歇息，明天攻打常山城！"

众官兵齐响应："听令刘大将军，明天拿下常山城！"

守城营练兵场上，火炬、油灯亮如白昼，官兵们的山呼海啸响彻云霄，场面蔚为壮观热烈。

等吃饱喝足，东方露出了鱼肚白，刘家福命令红巾军全体官兵就地休息等候命令。

二十四

清军都司杨怀清和副官躲进小巷一户人家之后，副官用碗弄来一点菜油，让杨都司仰靠在椅子上，然后扯了一块干净的布蘸着菜油给杨都司洗眼睛，杨都司边洗边叫唤着，但清洗过后居然能看见东西了。此时，门外不时传来的脚步声让他们胆战心惊，巷街上到处都是红巾军的士兵，杨都司如惊弓之鸟，他死盯住这对老夫妇，不许这对老夫妇离开房子半步，否则就要杀掉他们还要烧掉他们的房子。老两口吓得唯命是从，——照办，还拿出家里仅有的一点粮食煮给他们吃。老两口敢怒不敢言，趁做饭的时候嘀咕了几句，意思是希望红巾军进来把这两个坏蛋抓走。不料，杨怀清和副官听见了他们的嘀咕，副官走过来厉声训斥："在嘀咕啥？我可再次警告你们，假如想在我俩身上使坏，小心你们的脑袋！"他拔出腰间的匕首，故意在老两口面前亮了一下。老两口吓得不敢出声，老老实实给他们做饭。

这时，突然传来一阵敲门声，并伴着吆喝声："屋里有人吗？我们是红巾军，快开门。"

杨都司和副官吓得魂飞魄散，示意两个老人不要吭声，老两口不敢应声，但老头子心想，两个坏蛋留着是个祸害，现在正是除掉他们的最佳时机，只要红巾军进来，他们就束手就擒了。可如何让门外的红巾军知道屋里有坏蛋？自己不能喊，否则会招来祸端，也许未等红巾军撞门进来，他和老伴就被两个汉子结果了。聪明的老头便想到了一招，他故意将灶头上的一只碗碰落到地上，"叭"的一声脆响，门外便知屋里有人，忙大喊："快开门！别怕，我们是红巾军，不会伤害老百姓的。"老头趁机教训老伴："你怎么这么不小心啊？家里只三只碗，被你打了，等儿子回来拿什么盛饭？"老妇人会意地应道："我又不是故意的，一时疏忽嘛，去年你也不是打了一只？"杨都司俩人狗急跳墙，顾不上处置老两口，用大刀砍掉后窗窗棂，跳窗而逃。老头这才敢去开门，几个士兵进来，领头的便是小汛长魏旭华，他问老头："老人家，好像刚才您屋里的动静很大，怎么回事？"

老头说："老总，有两个自称生意人的男子跑进了我家，说被官府的兵抢了财物，还被他们追捕，可奇怪的是他们很凶，不许我和老伴出门说话，当听见你们是红巾军后，他们砸窗逃了。"

魏旭华用火把照着看了看被砸坏的窗口，叹道："唉，迟了一步！跑走的一定是杨怀清和他的副官，快追！"

魏旭华带着兄弟们冲出来，迅速绕到后窗的小巷追去。

二十五

都司府上，刘家福睡在杨都司的大床上，鼾声如雷。

不知何时，门外喧闹起来，动静很大。

一位老妪要闯进来，却被两个卫兵挡住了。

老妪怒气冲冲，喋喋不休："让我进去！我要找刘大将军问问，你们红巾军的人干了伤天害理的事，你们管不管？都说红巾军不欺负穷人，是帮穷人打天下的，都是好人，可为啥会有畜生呢？刘大将军，您出来呀，我要您评评理，给一个说法！"

卫兵劝道："老人家，刘大将军太辛苦了，别吵他，让他多睡会儿……"

老太婆似乎显得蛮横无理，口气强硬："出了这么大的事，他是头儿，还睡得着？我就是要进去问他……"

看得出卫兵已没耐性了，板着脸警告她："你若硬闯，我对你不客气了！"

老太婆一愣，但马上又摆出一副拼命的架势说："我就是要闯进去，即使杀头我也不怕……"

卫兵开始骂了："老太婆，有啥事非找刘大将军？刘大将军没起床，任何人都不许进去。否则，格杀勿论！"

卫兵摆弄了一下手中的大刀，本想吓唬她，可老太婆却毫无惧色，干脆昂头伸向卫兵："有种的，你杀呀，杀呀……"

这时，屋内传出刘家福的声音："大清早的，门外谁在嚷嚷？吵得老子梦都跑了。"

刘家福打开门，卫兵赶紧报告："报告刘大将军，是这位老太婆要闯进来见您，我拦住她，她却耍泼，蛮不讲理，实在没法，我只好吓她了。"

老太婆见了刘家福出来，突然委屈地哭泣起来，边哭边说："你们红巾军糟蹋了我媳妇，现在又想杀我，还有没有王法了？"

刘家福不禁一怔，忙去拉她的胳膊："老人家，您有话进来慢慢说。"

刘家福想把她请进屋再询问，可老太婆固执地站着不走，还甩掉刘家福的手。这时门口已有不少红巾军的士兵围上来看热闹，刘家福挥挥手："有啥好看的？走开走开！"士兵们立即散了。

刘家福认真地问她："老人家，您刚才说我们的红巾军糟蹋了您媳妇，还要杀您，此话当真？可有证据？"

老太婆振振有词地说："昨晚我的媳妇被你们的人糟蹋了……"接着又骂又哭："两个畜生……以后我媳妇还怎么活呀？我的命好苦哇！呜……呜……"

"我们的人？"刘家福觉得事情重大，诚恳地追问，"老人家，您敢断定糟蹋您媳妇的就是我们红巾军的人？"

老太婆哭着说："不是你们红巾军还会有谁？两个畜生……该天打五雷轰！"

刘家福提醒她："老人家，您为啥不怀疑是清兵所为，而一口咬定是我们红巾军呢？您认得这两个人吗？"

老太婆停止哭泣，像在回忆昨晚的情形。一会儿，她终于记起来了，说："当时公鸡刚打鸣，该是五更夜，你们红巾军已打败清军并占领县城，清兵已被你们剿杀，哪还有清兵出来造恶？"

刘家福耐心地问："老人家，您这是推理而已，不能证明是我们红巾军呀。"

刘家福趁老太婆情绪有所缓和，拉着她的胳膊往屋里走，也许她也觉得刘大将军重视此事了，便随他进屋。刘家福让她坐堂上的太师椅，老太婆却不敢坐，站着申辩着："咱不能证明？他俩未进我家门，在门外说话被我听见呢。一个说：'咱红巾军打下县城不容易，太辛苦啦，要好好享受享受。'另一个说：'哎，不知这户人家有没有吃的喝的。进去看看？'一个说：'看样子是穷人家，能有啥吃的喝的？'这时，我那不争气的小孙儿哭了，我媳妇就哄他，谁知，如猫闻着腥，这两个畜生一下子闯进来，像两条恶狼，扑向我媳妇……刘大将军，老妇说的句句是实，若有半句谎言，老妇甘愿受罚！"

听了老妇此番话，刘家福心里有了数，心情一下子沉重起来，劝慰道："老人家，我相信您的话。这两个畜生如果真的是我们红巾军的败类，我绝不轻饶！可是我们红巾军有万余人，假如没有线索的话，无疑是大海捞针哪。老人家，您认得那两个畜生吗？"

老太婆愣了一下，摇摇头："黑灯瞎火的，哪能看得清脸啊。"

刘家福说："这就不好办了。您仔细想想，他俩有什么特征，比如说说话声音啊，胖瘦和个子高矮啊之类的，能想起来吗？"

老太婆使劲地想了会儿，终于记起了什么："声音嘛，两人都醉熏熏的，说话时舌头都有点僵硬，声音都很粗。至于个子和胖瘦，看不清楚，不敢乱说。哦，我好像听其中一个叫另一个'歪头'，对了，是叫'歪头'，还说'你歪头是老光棍，这下可尝到女人的味道了'。还有……"

"好你个毛歪头，看我怎么治你！"刘家福急问，"还有啥？"

老太婆说："还有一个的手臂上被我孙子咬了一口……"

刘家福愤懑难抑，态度坚决地说："老人家，您放心，我会调查清楚的，一定饶不了这两个畜生！您先回家吧，我会给您满意的答复。"

老太婆似乎仍不放心，盯着刘家福说："您是红巾军的头儿，也是大将军，更是大丈夫，说话可要算数。我等着你的消息。"

刘家福郑重地点点头："我刘家福一口吐沫一颗钉，哪有不算数之理？"

老太婆这才离去。

刘家福大喊一声："卫兵，去把毛歪头叫来见我！"

一间小营房里，充斥着酒气和身上散发出的汗臭脚气味。这里睡着三十多个红巾军士兵，连日来，他们实在太疲惫了。天气闷热，地铺上，士兵们都赤条条地挤躺在一起"呼呼"地酣睡着。最里边的一个小阁楼里，便是毛歪头、周东华两人的卧室，俩人也像猪似的打着呼噜睡得正香。

卫兵爬上小阁楼，推开半掩着的门，叫道："毛将军，起床了，刘大将军请您去一下。"

毛歪头翻了个身，嘟哝了句："还没睡醒，等我醒了再去吧。"

卫兵说："恐怕不行，事情很急的。"

毛歪头又不以为然地嚷嚷："有啥事不能等我醒了再说？莫非要打常山了？"

卫兵说："快去呀，刘大将军正发火哩。"

毛歪头心里"咯噔"一下，"莫非那事……"酒全醒了，急问道："就叫我去吗？"

卫兵点点头："刘大将军就是这么吩咐的。"

周东华似乎也意识到事情不妙，一骨碌坐起来，欲言又止，觉得卫兵在边上不方便说话。

毛歪头胡乱地把裤子往身上一套，抓起外套就随卫兵下了楼。

二十六

　　都司府前，毛歪头像霜打的茄子，头显得更歪了。他一进门，刘家福就赏了他一脚，毛歪头"砰"地摔在地上。刘家福指着坐在地上的毛歪头厉声训斥道："毛歪头，想不到你脑袋歪，连心也歪了。老实交待，昨晚你和谁干了啥好事？"

　　毛歪头一脸的疑惑和委屈，支支吾吾地说："我昨晚……没干啥事啊？"

　　刘家福暴跳如雷，用手敲着桌板说："没干啥事？人家都告到我这儿来了，还想抵赖？！真是畜生不如！败类！红巾军的脸面给你丢尽了！"

　　毛歪头迅速爬起，又"咚"地跪下："刘大将军，我错了，我是畜生，你处罚我吧。"

　　"好，还算条汉子。"刘家福口气稍稍缓和了点，"还有一个是谁？"

　　毛歪头假装糊涂，傻傻地望着刘家福嚅嗫着："没别的人，就我一个。"

　　刘家福"啪"地猛拍桌子，训斥道："撒谎！到这时候了还不老实！"

　　毛歪头装出十分委屈的样子，嘟哝道："就我一个人嘛，哪有别人？"

　　刘家福气愤地说："我知道你是为了包庇朋友。可你知道不？你又罪加一等！怎么样，说不说？"

"就我一人嘛，"毛歪头坚持着，并摆出一副敢于担当的模样，"我一人做事一人当，如何处置，听凭刘大将军！"

"好，有种！"刘家福用手指着他的脑袋，"别以为你不说我就不知道！等着受刑吧。卫兵，把他关进来！"

两个卫兵押着毛歪头走了。

"十八兄弟"和"五人团"成员都闻讯赶来了，互相询问着。

刘家福余怒未消，拍着桌子说："毛歪头这败类，竟然强奸民女，坏了我们红巾军的规矩，还不肯交待他的同伙。现在被我关押起来了。这小子，我绝不轻饶他！"

"十八兄弟"又是劝又是骂，劝刘大将军消消气别气坏身体，骂毛歪头破坏红巾军纪律，给红巾军造成恶劣影响。但骂归骂，出于兄弟情分，几个兄弟纷纷向刘家福求情——

周老虎："刘大将军，歪头也真是的，奸淫民女太不应该了。可他是酒喝多了，属醉酒乱性，一时犯了浑。歪头兄有苦劳也有功劳，念及这份兄弟情，请刘大将军饶了他吧。"

徐培扬："刘大将军，歪头是我们从县城一起哄抢万昌米行跑出来的好兄弟，如今一时糊涂犯了错、坏了规矩，但因是初犯，希望刘大将军从轻发落，让他戴罪立功。"

周东华："也许歪头哥是被冤枉的呢，昨晚他和我喝过酒后就一起去睡了，哪会去干那事呢？"

吴嘉猷："老虎、培扬兄弟说得在理，歪头虽不带兵打仗，可咱们的吃喝拉撒都靠他张罗，歪头挺不容易的。他只不过喝了酒一时性起玩个女人嘛，依我看能不能关他几天禁闭，让他闭门思过？"

"他只是玩女人？吴将军说得倒轻巧！"一直没吭声的"五人团"之一的周红霞瞪了吴嘉猷一眼，鼻子"哼"了一声，然后像连珠炮似的说开了："毛歪头是强奸民女，性质相当恶劣，不能轻饶他！我们红巾军纪律严明，刘大将军三令五申，不能欺负老百姓，可毛歪头置军纪于不顾，竟干出猪狗不如的事来。功是功，过是过。假如不予以严惩，徇私枉法，今后谁来保护我们女人？怎么向受害者及其家属交待？怎么向老百姓交待？今后老百姓还会相信红巾军吗？一旦军心涣散，怎么带兵打仗？"

吴嘉猷凶巴巴地瞪着周红霞，回敬道："依你说，毛歪头非宰了不可？"

周红霞挑战似的："没错！按军法论处，当斩！"

吴嘉猷恼羞成怒地指着她："你……心真毒啊！难道毛歪头与你有冤？"

周红霞理直气壮地说："我与毛歪头无冤无仇，我是就事论事，发表个人意见而已。怎么了，有错吗？"

"好了，好了，别争了，烦死人了！"刘家福把脸转向两位军师，"你们的意见呢？"

祝耀南捋了把山羊胡子，说："刚才各位说的都有一定的道理。可老夫赞成周红霞的意见。毛歪头犯的可不是一般的错误，影响极其恶劣，也许现在万余之众的红巾军官兵和全城的百姓都已知晓，该如何处置此事，大家都看着您刘大将军哩。此事若处置不当，会导致军心涣散，并影响红巾军与老百姓的关系。我们红巾军士兵吃的穿的除没收土豪财主和官府的之外，都来自老百姓，老夫相信刘大将军会妥善处置此事。"

苏春灵看了一眼吴嘉猷，叹了口气，说："毛歪头是难得的军需官，眼下正是用人之际，在下觉得砍掉一个人的脑袋太容易了，可要找个人才太难了，可毛歪头又犯了军法，请刘大将军酌情处置吧。"

刘家福苦笑道："现在意见主要有两种：一种是严惩不贷，一种是酌情处置。你们说，我究竟听谁的？"

祝耀南捋了下山羊胡子，有点得意地说："刘大将军，我倒有个两全其美的办法可以一试。"

刘家福转怒为喜，急问道："啥法子？快讲！"

祝耀南慢条斯理道："我把宝押在受害者及其家属的身上。假如他们能够原谅，事情就好办了；假如他们不原谅，只好按军法处置了。"

刘家福恍然大悟："军师，您是说把毛歪头交给受伤者及其家属，让他们来决定如何处置？"

祝耀南颔首微笑："是免是惩，是轻是重，全凭他们一句话了。"

刘家福桌子一拍："好！就这么办！"

祝耀南把周东华和徐培扬叫到一旁，悄悄地说："解铃还须系铃人。你俩与毛歪头感情最深，现在赶紧想想办法去安抚受害者及其家属，如果能博得他们的原谅，毛歪头就有救了。"

徐培扬点点头："军师说得在理，东华，我俩马上去弄点肉上门替歪头道歉。"

周东华似乎心事重重，迟疑着："合适吗？可我又不认得那女子的家……"

"你这人真是的！"徐培扬推了他一下："关键时刻岂可

推三推四？现在正是救好兄弟的时候。别磨磨叽叽的了，走！"

祝耀南催促道："要快呀。否则就来不及了。"

一条小巷里，在一个大爷的带领下，周东华和徐培扬的手里各拎着一袋米、一块猪肉，来到了一户人家门前。大爷敲开了门，向房主介绍了周东华两人的来意。屋里只有老妇人和她媳妇及孙子，年轻的媳妇坐在椅子上，目光呆滞，像个木头人，显然还未从被强暴的阴影中走出来；三四岁的小孙子拽住老妇人的裤子不停哭叫着想吃东西。老妇人冷冷地看了徐培扬两人一眼，冷冷地问："你们来干什么？"

徐培扬笑脸相迎，讨好地说："大娘，我俩是刘大将军派来向您和您媳妇赔礼道歉的。"

徐培扬把一袋米放在桌子上，然后给周东华丢了个眼色，周东华低着头，迟疑了一下，徐培扬不解地问他怎么了，周东华这才小心地将那块肉放到桌子上。

老妇人嗤之以鼻："想用这点东西把此事抹掉？拿走拿走！"

老妇人拿起那块肉往徐培扬手里塞，又拎起一袋米往周东华怀里送。徐培扬、周东华又分别将米和肉放回桌上。徐培扬诚恳地解释："大娘，不是这个意思。这袋米和肉是刘大将军特意吩咐弄来给你们作见面礼，补补身子。昨晚我兄弟歪头因喝了酒乱了性，欺负了您媳妇，干了伤天害理的事，今早您跟刘大将军门口说了这事，刘大将军非常生气，当即就派人把歪头抓起来关禁闭……"

老妇人扔下一句："关禁闭就算处罚了？就这么便宜了他？"

徐培扬忙回答："不是的大娘，要怎么处罚，还要听听您的意见。"

"听我的意见？"老妇人咬牙切齿地说，"那好，砍了他狗头！"

徐培扬认真地说："大娘，按军法论处是要砍头。可是他毕竟是我们的好兄弟呀。他也是一时糊涂啊，他现在都后悔死了。大娘您高抬贵手，放我兄弟一马，好吗？"

老妇人像刚回过神来，责问道："哦，对了，他还有个同伙，怎么没听你说呢？"

徐培扬赔着笑脸："还没抓到，正在调查。"

老妇人气愤地说："不会是包庇他吧？"

徐培扬摇摇头："大娘，目前还不知道是谁。一旦查实，我们也会把他交给您处置。"

"这还不好办？"老妇人鼻孔"哼"了一声，振振有词，"我都和你们刘大将军讲了，那畜生的手臂被我孙子咬了一口，只要看看谁的手臂上有牙印，抓起来就是了"。

徐培扬说："我们红巾军有万余人，一时半会还难以找到。不过大娘您放心好了，我们一定会把这个家伙揪出来的。"

这时，老妇人像发现了什么，盯着周东华的手臂看，直看得周东华心里发毛。周东华的衣着是有点奇怪，右手的袖子卷得高高的，左手的手臂却被长长的衣袖遮掩住，仿佛藏着什么秘密。周东华不禁慌乱起来，和徐培扬嘟哝了一句"我肚子疼"就匆匆离开了。他的这一诡秘行为引起了老妇人的怀疑，老妇人指着周东华的背影大喊："站住！"

徐培扬问："大娘，您找他有事？"

老妇人焦急地喊："就是他！快抓住他，别让他跑了！"

徐培扬迷惑地望着老妇人："大娘，他是我的兄弟，叫周东华，为啥要抓他？"

老妇人指着周东华远去的背影，边说边走出门要去追："他就是昨夜跟歪头一起糟蹋我媳妇的那个畜生，没错，就是他！他一进门我就怀疑上他了！"

徐培扬问："您怎么能信口雌黄污人清白呢？有啥证据？"

老妇人顾不上解释，拼命地追上去。

周东华发现老妇人追来，加快了步伐，撒腿奔跑起来。

徐培扬被眼前的这一幕弄糊涂了，摇了摇头走了。

二十七

都司府上，徐培扬正向刘家福汇报刚才发生的事情。徐培扬觉得此事非常蹊跷：周东华显得心事重重，两只袖子一只卷起一只拉得很长，突然叫肚子疼先离开了，而且老妇人一追他，他跑得更快了。徐培扬嘀咕着："难道真是他？"

"对，十有八九就是他！"刘家福不容置疑地说，"一开始我就怀疑上他了。他和歪头好得像穿一条裤子，有'好事'还能少他。你若不信，把他叫回看看他的手臂就明白了。"

徐培扬担心地说："刘大将军，别叫了，兴许东华已藏到一个什么地方去了，眼下已有一个歪头关着，还等着受害人及家属的发落哩。刚才和东华到受害人家慰问，见过老妇人和她媳妇，她媳妇倒没闹，那老妇人比较难缠，她肯定饶不了歪头和东华。咱们不能因这等事情损了两个能人啊，一个是虎将，一个是内当家，太不值了。刘大将军，请您三思啊！"

刘家福正寻思着，不料那个老妇人又寻上门来了。老妇人怒气冲冲，一见徐培扬就骂开了："好哇，你竟然带那个畜生来我家，你们搞黄鼠狼给鸡拜年这一出，这不是耍我们吗？！你们红巾军专门祸害老百姓，连清兵都不如！"

徐培扬赔着笑脸："大娘，您误会了，目前我们都不知道歪头的同伙是谁呢，我们正在调查。您说我那兄弟就是您说的畜生，您有什么证据吗？"

老妇人气呼呼地嚷嚷："他若不是，他跑啥？"

徐培扬解释："人家不是闹肚子才跑的嘛。"

"我看就不像！"老妇人固执地说，"是不是他，你把他叫来，看一下他手臂就行了。"

"这……"徐培扬有点迟疑了，只好拿话搪塞，"兴许他还在茅坑里，这样不好吧？"

"我可以等！"老妇人一屁股坐在椅子上，装出较劲的样子，"他总不能进了茅坑就不出来吧？"

刘家福也安慰道："老人家，毛歪头已被我关起来了，到时抓了他的同伙一同交给您，要杀要剐，全凭您一句话！"

"那好！"老妇人说，"刘大将军，您是红巾军的头儿，有您这句就够了。"

刘家福仿佛想起了什么，问："老人家，怎么不见您的老伴和儿子呢？"

谁知，刘家福一提她家这两人，老妇人便伤心地哭诉起来："我的命苦啊！我老伴原是个轿夫，三年前抬了一个恶少，恶少不给钱，老伴问他拿，结果被恶少一刀砍成重伤，两天后就走了；我儿原在县衙门做衙役，那些衙役都跟着县太爷周绪一为非作歹，去年有次周绪一鸣锣开道出城巡访，一个瞎子来不及避让，被开路的衙役一棍子打倒在地，我儿同情瞎子，上去扶他，却被人诬陷为逆党关起来，不给吃不给喝，后来还指使狱霸打我儿，我儿被活活折磨死了……这些官吏和财主恶霸骑在我们老百姓头上作威作福，根本不把我们当人看，弄死一个人比掐死一条小狗还容易，我恨死了他们！原以为你们红巾军能替天行道，为我们有冤有仇的穷苦百姓报仇伸冤，可是……"

刘家福神色凝重地问道："老人家，您想不想替您的老伴和儿子伸冤报仇啊？"

老妇人冷冷地说："想啊，我恨不得把那些官吏财主恶霸统统杀光，可咱是啥？咱老百姓是蚂蚁，哪能撼动大树呢？"

刘家福说："我们红巾军就是要让成千上万的蚂蚁团结起来，啃光腐朽的大树。我们红巾军会替您报仇雪恨的。"

老妇人"哼"地讥笑道："你们红巾军的人也干畜生不如的事来，和那些恶霸有何区别？我才不信！"

刘家福诚恳地说："我承认我们红巾军中也有败类，但只是极少数，绝大多数是把穷苦的老百姓当自己的亲人，不偷不抢不欺负老百姓，这些您应该也看见了。我们有近万名士兵，如果没有铁的纪律，那江山城里的百姓还不遭殃？对个别欺负百姓的，我们严惩不贷！"

老妇人说："别的话我都不想听，只问一句，歪头的同伙你们抓不抓？"

刘家福信誓旦旦地表示："抓！抓了交给您处置！"

刘家福当即下令："徐培扬听令，速将周东华带来！"

二十八

徐培扬和两个士兵押着周东华来到都司府。徐培扬进来报告："刘大将军，周东华带到。"

老妇人弹簧似的站起来，指着周东华说："我听声音就知道是他，叫他站住，他跑得比兔子还快，哼，跑得了和尚跑不了庙！"

刘家福厉声问道："周东华，知道为啥把你带来吗？你可知罪？"

周东华梗着脖子答："不知道。我究竟犯了什么罪？"

刘家福一脚踹过去，周东华一个趔趄。刘家福训斥道："头烂了半只还不知臭，把他的袖子撸上去！"

一个士兵上前撸周东华的左衣袖，周东华不让，另一个士兵上去，强制撸起他的衣袖，但见左手臂上一个橄榄状的牙印赫然入眼。老妇人气愤地冲上去对他拳打脚踢，边打边骂："你这个畜生，我打死你，我打死你！"两个士兵去拉她，拉也拉不住，周东华不敢还手，任凭她打骂。直到手无力气打，嘴也骂干了老妇人才罢休，一个士兵扶她重坐回椅子上。

刘家福怒不可遏，指着周东华破口大骂："有本事去干如此伤天害理的勾当，却没胆量承认，想跑，还想抵赖，像个男人吗？跪下！向老人家赔罪！"

周东华不跪，刘家福朝他屁股上踹了一脚，周东华扑倒在地，这才算跪下。

刘家福命令道:"给老人家忏悔吧。真是败类,我都替你感到耻辱!"

老妇人对跪着的周东华怒目而视。

周东华嗫嚅着:"我……我……"

刘家福说:"周东华,我告诉你,今天你的命就掌握在老人家手里,就看老人家开不开恩了。"

周东华向老妇人连叩三个响头,然后自己打自己的嘴巴,边打边忏悔:"大娘,我不是人,我是畜生,我该杀……"

"按红巾军的军法是该杀!"刘家福摆出一副大义灭亲的架势,"传令,把毛歪头带来!"

卫兵:"是!"

同时刘家福下令召集"十八兄弟""五人团"和两位军师速来都司府,想借此整肃军纪。

不一会儿,人员到齐,毛歪头也被带到。

毛歪头很识时务,一进门见大堂上坐着一位老妇人,一切便明白了,立马向老妇人跪下叩头:"大娘,我错了,我是畜生,您大人大量,饶了我吧。"

老妇人冷冷地看着眼前两个仇人,一言不发。

刘家福诚恳地说:"老人家,两个畜生我交给您了,要杀要剐,全凭您一句话。"

老妇人看看跪在面前的两个仇人,再看看齐刷刷站在前面和左右的将军要员,满肚子冤屈却不知如何发泄,她的心情复杂得如墙角的蜘蛛网一样纵横交错。早就听说红巾军是为穷人造反、保护穷人的,与穷人是一家人。可是现在红巾军里这两个人像畜生一样糟蹋她的儿媳,又让她脑海中的红巾军瞬间变得丑陋不堪，简直成了仇人，恨得咬牙切齿，连杀死他们的心都有。不过转眼间，红巾军的头领刘家福和其他将领们不护短，不念兄弟情分，把作恶者交给她处置，如此铁面无私，又如此信赖她，那么豁达有情义，她的心还能冷酷无情坚硬如铁吗？！俗话说打狗还看主人，这"两条狗"虽然可恶，但他们的主人都是好样的，不能得罪。她的心软了，但她又不想轻饶了他们，他们毕竟是红巾军的败类，一定要给予适当的惩罚。如何适当惩罚？她的心里有数。她不紧不慢地说："死罪可免，但活罪要治。每人各打十大板！刘大将军如何？"

刘家福马上回应："老人家，您真心软，太轻了，每人再各加十大板。就这么定了！来人，施刑！"

几个行刑官将周东华和毛歪头分别绑在一条大板凳上，然后挥起大板朝两人的屁股打起来。"啪！""啪！"惨叫声也旋即响起。但刘家福还嫌力度不够，不停地喊："使劲！使劲！"老妇人却劝阻他："可以了，再用力的话，屁股就打烂了。"

刘家福说："就是要把他俩的屁股打烂，好让他俩长个记性，也让大家看看作恶者的下场！"

二十大板下来，两个行刑官已气喘吁吁，大汗淋漓，周东华和毛歪头的屁股已皮开肉绽、鲜血淋淋，当兄弟们去抬他俩的时候，手一碰上他俩的身子就惨叫起来。刘家福问老妇人："老人家，还满意吗？"

老妇人点点头，说："就是太用劲了，恐怕没一两个月走不了路，还怎么领兵打仗呀？"

刘家福说："假如不让作恶者吃点苦头，让大伙看看作恶者的下场，以后作恶的人只会多起来，如此下去，我们的红巾军还不成了害民军吗？！还指望这些将领带兵打仗？他俩是罪有应得！活该！”

老妇人点头称是，赞叹刘家福治军严厉，是老百姓的好将领。她感动得向刘家福鞠了一躬，这才离去。

刘家福扫视了一圈，见到了周老虎和周红菱的身影，他走到他俩的面前，略带歉意地说：“老虎兄弟、红菱妹子，本将军曾许诺打下江山城给你俩办喜酒，而且我要亲自给你俩当证婚人，但遗憾的是出了这等丑事，让我们红巾军丢了脸，也没心情给你俩操办了，对不起啊。但现在可以向你俩保证，等我们打下常山和龙游两城，一定风风光光地把你俩的喜事办了。可以吗？”

周老虎淡然一笑：“刘大将军，您言重了，我俩并不急，何况红菱妹子还没明确答应我呢。”

祝耀南捋着山羊胡子说：“老虎，这就是你的不是了，你正式向红菱求婚了吗？哪有男方没求婚女方就答应的道理？你若真心要娶红菱妹子，趁现在我们都在，都可以当你们的证婚人，你可正式向红菱求婚，如何？”

周老虎红着脸说：“我一点准备都没有……求婚总得有个表示吧？”

周红菱噘着嘴说：“当然要有表示了，空口白牙，休想让本姑娘以身相许！”

刘家福笑道：“红菱妹子说得好！老虎，你打算以何表示？”

杨娟提醒道：“老虎哥，你的求婚礼物不是早就有了，忘了吧？”

周老虎挠着脑壳说：“啥礼物？我怎么不知道啊？”

杨娟上前用指头戳了下他脑壳，讥讽道："真是贵人多忘事！连自己和红菱打赌的事都不记得了？"

周红霞说："对呀，假如老虎哥你能逮住杨都司或陆游击，我红菱妹就嫁给你，还记得吗？"

周老虎恍然大悟道："哦，记得！可杨都司跑了还没逮住嘛，我真没用。"

周红霞说："你不是逮住陆游击了？这也算嘛。红菱妹，是吧？"

周红菱不置可否地说："我不知道。"

杨娟较起真来了："哎，红菱，你不许赖，说话要算数，老虎哥当时逮住了陆游击就送到你面前，这就算是给你最好的见面礼了，所以就算老虎哥向你求过婚了。"

周红菱撒娇地说："那不算。除非他现在……"

杨娟乐了："好哇，老虎，听见了吗？现在我命令你马上向周红菱求婚！否则，过期作废！到时别后悔！嘻嘻。"

周红菱调皮地说："杨娟，你命令不算数，要刘大将军的命令才行。"

刘家福仿佛在看一出精彩的戏，没有插话，经周红菱这么一提，这才回过神来。他笑呵呵地说："老虎兄弟，你是何态度？"

周老虎说："我也很想现在就向红菱求婚，再马上办喜酒成亲，可我总觉得时候还没到，所以我……"

刘家福颔首道："老虎兄弟说得极是，接下来我们有许多大事要干，等大事办成再给你俩风风光光办喜事，老虎、红菱，你俩觉得如何？"

周老虎点头道："个人的事小，红巾军的事大，我听刘大将军的。"

周红菱也表示听"刘大将军的"。刘家福欣慰地告诉大家："等我们红巾军攻下常山和龙游，将庆功酒与老虎和红菱的喜酒一起办，让大伙喝个痛快！"

将士们立刻欢呼起来。

二十九

翌日上午，红巾军在县城的城隍庙大门口广场举行隆重的审判土豪劣绅和恶官大会，江山城的百姓们倾城出动，将城隍庙大门口的广场挤得水泄不通，都想亲眼看看欺负过他们的恶霸的下场。那个老妇人也被刘家福请来了，作为嘉宾她坐在主席台旁边，刘家福"十八兄弟"和谋士们及红巾军的所有将领们都到场了，他们正襟危坐，等待庄严的审判时刻的到来。

当刘家福宣布"将土豪劣绅和恶官押上台来"时，一批百姓深恶痛绝的土豪劣绅和恶官被红巾军押上台，他们个个像霜打的茄子耷拉着脑袋，但他们的面目都暴露无遗。第一个就是臭名昭著的万昌米行的老板何六师，他一出场就遭全场百姓的唾骂，不少愤怒的群众向他扔臭鸡蛋和烂菜叶，现场一度失控，刘家福一连喊了五次才消停下来。刘家福幽默地告诉他们，台上这批坏家伙都会受到严惩，肯定比你们扔臭鸡蛋、烂菜叶厉害，一定会让你们出气、报仇雪恨！

当狱长被押上来时，一下子有三个人冲上去：吴嘉猷、周红霞和老妇人，他们三人对狱长都有深仇大恨，他们对他拳打脚踢，边骂边打。

吴嘉猷边打边骂："你这个狗娘养的，害死了我父亲，害死人偿命，我要你的狗命！"

周红霞边打边骂："还认识我师父毛觉平吗？你这个天杀的，把我师父打成那样，要了我师父半条命，我要你一条命！"

老妇人边打边骂:"还我儿子!还我儿子!"她觉得边打边骂不解恨,还"呸、呸"地朝他身上吐口水。

刘家福理解自己的部下和老妇人,让他们打累骂累口干舌燥过足了瘾,才劝他们离开。此时,本是胖得像头猪的狱长变成了一头半死不活、奄奄一息的猪,瘫在地上直哼哼。他的脸上是青紫色的浮肿,身子成了软绵肉团,恐怕肋骨都被打折了,以致两个兵费了好大劲才架住他半站半跪地起来。吴嘉猷和周红霞知道狱长是今天要斩首的罪大恶极之人,都向刘大将军强烈要求,争着把问斩狱长的差事交给自己。这可把刘家福难住了:总不能让两人同时去斩狱长的人头吧?斩狱长人头的只能一人,但究竟谁去行刑,刘家福把难题甩给了自己最信得过的谋士祝耀南。祝耀南无所不能,他当即从口袋取出一枚银圆,银圆正面是龙,背面是"光绪元宝"四字,祝耀南分别问吴嘉猷和周红霞想要哪一面,吴嘉猷说要龙这面,周红霞没争,她就认"光绪元宝"这面。祝耀南捋了捋山羊胡子,然后将银圆向空中抛去,再伸手把它接住,打开手掌,发现朝上的是龙这面。

吴嘉猷情不自禁地吼叫起来:"老天有眼啊!让我吴嘉猷亲手为父亲报仇啦!"

吴嘉猷手执大刀站到了刽子手之列,他是为父亲报仇,专斩狱长的头。被斩首的土豪劣绅和恶官排成了长长的一排,刽子手们一对一地站在他们的身后。刘家福一声令下:"开斩!"只见刽子手们齐刷刷地举起大刀,刀起头落。待罪大恶极者全被斩首之后,刘家福却遗憾地说:"县令周绪一是首恶,却让他跑走了。"刘家福发誓要把周绪一捉拿归案,为百姓们报仇雪恨。百姓们立刻欢呼起来：

"刘大将军是我们的恩人！"

"红巾军是我们穷人的军队，我们要参军！"

刘家福率红巾军攻克县城之后，先是打开牢房放出无辜的穷苦百姓，再是开仓放粮，接着又铁面无私地处理了强奸老妇人媳妇的周东华和毛歪头，最后又公开镇压了一批罪大恶极的土豪劣绅和恶官。这一系列举动得到百姓的热烈拥护，百姓们扬眉吐气，热情高涨。青年们纷纷要求参加红巾军，红巾军队伍迅速壮大，人数达一万二千之众。刘家福见士气如此高昂，主张乘胜扩大胜利成果，攻打与江山相邻的常山古县城。每逢决策大事，他都要征求自己最信得过的谋士祝耀南的意见。祝耀南仔细地看了一番天象，沉吟片刻后，说可以左右开弓，同时攻打两城——常山和龙游，保证轻而易举地攻克。刘家福一听大喜，当即召集各将领和谋士，商议攻打方案。经过谋划，敲定了如下方案：兵分两路，由刘家福率三千人攻打常山，吴嘉猷带五千人攻打龙游县古城，留四千士兵守护江山城，以防清兵突袭。等攻下常山、龙游两城之后，再集中兵力攻打衢州府，这样可完全占领整个浙江西部，为下一步进攻浙江省府杭州城打好坚实的基础。

三十

　　翌日晨，江山城北门外的广场上，人山人海，军旗猎猎，士兵们整装待发。大部队前面是将领，最前头是两位大将军：刘家福骑着枣红大马，手执大刀，气宇轩昂，两眼炯炯有神，显出志在必得的自信和大无畏的英雄气概；吴嘉猷手握长矛，骑着一匹黄骠马，威风凛凛，大有横马立刀唯我吴大将军的气势。

　　刘家福与吴嘉猷作揖道别："兄弟，你路途遥远，多保重！待你我凯旋，共饮庆功酒，一醉方休！"然后发出命令："出发！"大军很快兵分两路，向两个不同方向浩浩荡荡开拔：一支由刘家福率领向常山开拔，另一支由吴嘉猷率领向龙游开拔。

　　两路大军的声威让沿途各村的地主老财们闻风丧胆，随后逃之夭夭。红巾军开仓放粮，把地主老财们的粮食和财产分给穷苦的百姓。红巾军受到沿途百姓的热烈欢迎，他们倾其所有，拿出好吃的食物慰问红巾军，不少热血青年踊跃加入了红巾军，红巾军的队伍在不断壮大。

　　刘家福这支大军经江山大陈和常山溪口两个乡后，以破竹之势逼近常山古城。城内的百姓早已听到了刘家福攻打常山的风声，热情高涨，纷纷涌出城门投奔红巾军，并给红巾军领路；而城内的一些土豪劣绅却早早地卷带细软携家眷逃往衢州府避风头去了。原本常山城里有两百多守城营官兵，常山知县刘朝容一听到江山城失守，急忙命令紧闭城门，严加防守。每天他亲自巡视四城门两次，并动员城内土豪劣绅捐献钱粮、宰猪杀羊犒劳守城官兵，激励他们舍命守城。刘朝容表面上似有誓与古城共存亡之决心，其实整天提心吊胆，寝食难安，早有盘算。他先将老婆孩子和钱财悄悄地送到乡下亲戚家，自己则伺机逃跑。被蒙在鼓里的官兵们听从他的命令，寸步不离地守护着东南西北四大城门，迎敌抗战。

可是，当刘家福攻打常山的消息真的传来时，刘朝容带领衙门的官员从东门溜走了。县令刘朝容一溜，主心骨一下就没了，守城的官兵谁也不想为怕死的县令当替死鬼，一哄而散。有的跟着刘县令跑往衢州府，有的跑回了家，有的换上老百姓的便装化装成平民，有的结伙上山当土匪，最后城内竟无一兵一卒。

刘家福率领大军来到常山城南大门准备攻城时，竟未遭到任何抵抗，这才发现门楼上无一兵一卒。城内的百姓打开南大门迎接刘家福的红巾军，红巾军鱼贯而入，城内百姓夹道欢迎，也未遇清兵抵抗。常山城不战而破，刘家福觉得是自己的声势浩大吓跑了敌人，便得意和骄傲起来："清兵是群蛊贼而已，不用我来收拾，就早已逃得无影无踪了。哈哈哈……"

周老虎的脸上却露出遗憾之色，称："本是来拼杀一场的，结果连仗也不用打就胜了，没过瘾。"

杨娟说："仗有的打，保证让你过足瘾，然后，我们庆功酒和你与红菱的喜酒一起喝。"

徐培扬并没那么乐观，他说："衢州府可没那么好打，它是块硬骨头，够大伙啃的了。"

周老虎欣喜地说："我这人就爱啃骨头，这样才过瘾！"

刘家福说："此次与其说是来攻打常山的，不如说是来常山赶集的，还占了常山城，爽快！"他吩咐徐培扬："培扬兄弟，给你留两千兵，你就留守在常山城吧，听候命令，等我们攻打衢州府时，你再发兵配合主力一起攻打衢州，明白吗？"

徐培扬响亮地回答："明白！"

"好！常山就交给你了。"刘家福命令道，"紧急集合部队，即刻返回江山！"

众将领："是！"

三十一

　　就在刘家福班师回府之际，吴嘉猷正率领义军攻打廿里街古镇。距衢州府二十里的南面古镇廿里街是去衢州府和龙游的必经之地，也是衢州府的门户。当时衢州府总镇喻俊明以为刘家福要攻打衢州府，便孤注一掷。府内共五百守军，他派把总项升率四百士兵去廿里镇阻挡红巾军。项升是个怕死的投机分子，他深知拿区区数百人去与刘家福万人大军抗衡，无疑是拿鸡蛋碰石头，所以他明里向总镇喻俊明表决心，誓与廿里共存亡，暗地里却早做好逃跑的打算。他的消极抵抗，让吴嘉猷率领的五千大军如入无人境地。吴嘉猷发起进攻时，浩大的声势似排山倒海般压过来。项升吓破了胆，组织清兵抵挡了一阵子就撤离了阵地，很快便撤回衢州府。也可说红巾军只用了吹灰之力便攻下了廿里街。这时，红巾军的官兵斗志昂扬，势如破竹，吴嘉猷萌生了攻打衢州府的念头，却被谋士苏春灵阻止。苏春灵说："衢州府不是廿里街，城墙又厚又高，城门难破，我们没有攻城的器械，仅凭人多势众也徒劳无益，不但无法攻入，还会造成巨大伤亡。况且我们这次并没有攻打衢州府的计划，假如贸然改变计划，后果相当严重。所以，天时、地利和人和三要素中，天时、地利不得，万万不可。"

　　吴嘉猷觉得谋士说得在理，只好放弃进攻衢州府的念头，率领红巾军向龙游进发。红巾军所到之地，都受到沿途百姓的热烈欢迎和坚决拥护。他们分得了土豪劣绅的粮食和钱物，又把年青人送给红巾军。红巾军的队伍迅速壮大，原出发时五千人的队伍到达龙游时，已达到八千之众。而龙游的守城清兵只有一百余人，如果抵抗更是鸡蛋碰石头了，于是刘家福攻打常山城不战而全胜的幸遇在龙游得到重演。龙游守城的清兵没见着红巾军就逃往东北面的金华府，吴嘉猷的大军长驱直入龙游城内。像攻占江山城一样，吴嘉猷打开牢房，救出牢中的平民百姓，打开粮仓救济饥民，残害百姓的土豪劣绅、财主奸商被——惩处。百姓们杀鸡宰猪，拿出好酒慰问红巾军，吴嘉猷还摆了庆功宴，犒劳红巾军的兄弟们。

占领龙游后，考虑到不久将攻打衢州府，吴嘉猷留下两千士兵，由爱将刘炳禄带领驻守龙游城，以待回援衢州，自己带六千大军返回了江山。

刘家福凯旋之后，未等吴嘉猷率部队归来，就大摆庆功宴，还给周老虎和周红菱办了喜酒。红巾军官兵们，都欢天喜地，开怀畅饮，人人都沉浸在喜悦之中。

周氏祠堂里张灯结彩，挂满大红灯笼，一对大红蜡烛把议事厅的大堂照得亮堂堂，屋柱和墙壁上贴着红对联和红双喜字，许多箩筐里盛着用红纸包着的和被染成红红绿绿的花生、红鸡蛋等"十样馃子"。周老虎已打扮成新郎官的模样，他头戴的礼帽上四周缚着红头绳，两边各插一支翠柏，身穿长巾衫，满脸喜气洋洋，他骑着刘家福的枣红大马。司仪高声喊："起程，迎新娘！"迎亲队伍的最前面有两人敲着大铜锣开道，周老虎满面春风地骑着枣红大马，在吹吹打打的唢呐锣鼓声中出发了。

此时老妇人家里挤满了人，这里成了周红菱临时的娘家。

房间里，那个老妇人正在给周红菱梳头打扮，边上站着几个好姐妹，她们也穿戴一新，七嘴八舌地夸着周红菱，把周红菱的脸都夸红了。周红菱对着镜子看，觉得自己变得越来越喜气漂亮，心里别提有多兴奋。打扮好后，头戴凤冠，身穿珠红缎衫，脚穿绣花鞋的周红菱坐着只等新郎官周老虎来迎娶了。唢呐锣鼓声渐渐近了，杨娟跑出去看了下，跑回来说："来啦，来啦！"周红霞、王丽青和彩菊等姐妹们便忙碌起来，周红霞是周红菱的亲姐姐，自然以娘家人的身份送妹妹出嫁了。当迎亲队伍到达老妇人家门口时，她以母亲的口吻准备送妹妹上花轿，按江山风俗用手帕抹着眼睛装哭，边哭边唱："蓬头去，插花归""空腹去，抱子归"……

周老虎满面春风地骑着枣红大马来到门前，下了马进来了，他高喊道："吉日良辰已到，我来迎接新娘周红菱啦！"杨娟等姐妹们却故意阻拦他，不让他进房间，要他分喜糖和红包。周老虎只好从伴郎那儿拿出喜糖和红包分给她们，一人一份，这才进了房间，然后把盖着红盖头的周红菱抱出来，在周红霞的哭声中抱到轿子上。只听轿夫高声喊："高升！"花轿即高高抬起，看热闹的乡亲们尽情喝彩。接着，前面敲铜锣开道，紧跟着高提大红灯笼和红纱灯的人，之后便是大花轿，大花轿之后是吹鼓手。轿夫故意使劲地摇晃花轿，坐在花轿里的周红菱随轿前后左右摆动，嘴里发出"嘻嘻嘻"的愉快笑声。

当大花轿抬至周氏祠堂大门口时，两个伴娘将盖着红头盖的新娘周红菱送进了祠堂大堂上，新郎周老虎和新娘周红菱一左一右站在大堂中间，准备拜堂。拜堂前，作为证婚人的刘家福开始为这对新人证婚。刘家福站在他俩的前面，等唢呐锣鼓停歇，面向红巾军官兵和宾客高声道："今天是大喜之日，我们红巾军刚刚攻下常山打了胜仗凯旋，红巾军中有两位周姓的年轻人又要在这里举行婚礼了。我是他俩的证婚人。我为什么要做他俩的证婚人呢？因为，新郎周老虎是我们红巾军的一员武将，新娘周红菱也是红巾军中的女豪杰，他们为打下江山、常山两城立下了汗马功劳，他俩都是我的爱将。他俩因参加红巾军走到了一起，又在起义战斗中相识，今天他俩又结成了伉俪，这就应了'有情人终成眷属'这句老话。但愿他俩相亲相爱，经得起风风雨雨的考验。今天我站在这里，不只为他俩证婚，也向红巾军的所有官兵许诺：等我们打下衢州府、省府杭州城，只要你们有人想结婚，我都愿意做你们的证婚人！"

刘家福的话音未落，喝彩声、鼓掌声暴风雷雨般地响彻云霄。

证婚仪式结束后便是新郎、新娘拜堂了，司仪高声大喊"一拜天地""二拜高堂""夫妻对拜"。周老虎和周红菱一起拜了天地，拜高堂本应拜周老虎父母的，但因周老虎的父母不在这里，只好拜周氏祖宗了，然后夫妻相互对拜了。

婚礼完成后，便是喜宴了。周老虎夫妇开始向喝喜酒的兄弟和宾客们敬酒，第一个敬的便是证婚人刘家福大将军，依次是谋士祝耀南、程铁龙、吴如海……"十八兄弟"等将官，将官们都纷纷给予新婚夫妇美好的祝愿。

吴嘉猷的部队日夜兼程，两天后归来，并运回许多银两、布匹和粮食，让刘家福喜上加喜，又一次为吴嘉猷及其部下置办了庆功酒。红巾军一连攻下江山、常山、龙游三座古城，势不可挡，取得了节节胜利，这也让刘家福被胜利冲昏了头脑。

他觉得腐朽没落的清朝政府不堪一击：北方有义和团运动，义和团战无不胜，战绩辉煌；而自己在南方的红巾军所向披靡，将以摧枯拉朽之势横扫浙江乃至江南大地。他认为打下衢州府和省府杭州城是迟早的事，红巾军完全可以与北方的义和团和清政府鼎足而立，心里便萌生了做皇帝的念头。他召集"十八兄弟"和两个谋士及吴嘉猷等将领商议建元封号之大事。刘家福说："我领导红巾军起义打倒清朝官府，为的是改朝换代建立国家，我打算等打下杭州城后建都杭州，在江南建一个国家。请诸将领和谋士议一议，我的意见如何。"

吴嘉猷不禁吃了一惊，他以大哥身份发表了意见："刘大将军，也许我的话不中听，但我还是要说。我觉得操之过急，眼下我们刚刚攻下三座小城，起义刚刚取得一点成绩，离建元封号还早着呢。现在最重要的是打江山，而不是坐江山。等打下了江山，我们自然会推您为王，甚至做皇帝。"

吴嘉猷最贴心的谋士苏春灵也表示赞同吴嘉猷的意见，他提议："现在我们红巾军人多势众，百姓无不拥护，如今红巾军以破竹之势连夺江山、常山、龙游三城。趁衢州府来不及禀报朝廷之机，若现在马上发兵，夜里即达衢城，衢城一无援兵，二守御未固，打下衢州城也非难事。若得衢城，则声威更大，响应者必更多，然后大军分三路：一路继续攻打金华、杭州；一路挥戈西进江西，打到长江边九江；一路南下福建打到海边福州。如此便大功告成，可在浙闽赣三省建立一个小国，刘大将军便可如意做皇帝了。"

程铁龙、吴如海等将领也都赞成吴嘉猷和苏春灵的意见，认为现在正是攻城略地的大好时机，应该不辱使命，顺应潮流，一鼓作气打下一片江山，再建元封号也不迟。

可是刘家福最信得过的谋士祝耀南却有自己的观点。

"其实，建元封号与攻城略地不矛盾，而且非常重要。"祝耀南振振有词地发表了高见，"古往今来，凡当皇帝的，必先正位号，定名分，以一统民志，然后命将四出掠地。眼下我们攻下了江山城、常山城和龙游城，已得江山，是掌握山河的预兆；而取得了龙游，则是登龙位的吉象。这是上应天命，下通政理，天命不可违，政理不可不顾啊。所以我们要尽早建元封号，建立新国号，做上了皇帝，再统帅全军四面出击，把疆域扩大到整个江南，完成我们红巾军的宏伟大业，刘大将军也会因功勋卓越，彪炳史册。"

谋士祝耀南的一番高见马上占了上风，除吴嘉猷、苏春灵几位不赞成马上建元封号外，其余都一边倒地附和祝耀南，尤其周老虎和周红菱新婚夫妇，对刘家福感恩戴德，表示坚决拥护刘家福建国登基做皇帝，连一直不吭声的周红霞也表示支持建元封号。有谋士祝耀南及众多将帅支持，刘家福便铁下心来，一锤定音："好！根据祝谋士和众将帅的意愿，本大将军同意建元封号。接下来，我们该如何建元封号，请诸位议一议。"

面对一大批拍马屁奉承的将帅，吴嘉猷和谋士苏春灵知道已无法说服众人，又怕伤了和气，不再坚持己见，只好摇头叹息，随他们去了。苏春灵在心里暗自叹息道："因一己私欲，错失良机，可悲也！"

周老虎第一个提议："刘大将军的名字家福很好，家家都幸福，刘大将军带领我们打天下，干脆用刘大将军的名字作国号，家福天国，如何？"

刘家福摆摆手说:"不可,不可,国号怎能用我的名字呢?大伙再想想吧。"

"刘大将军说得极是,历朝历代,哪有用名字作国号的?"谋士祝耀南仿佛早有打算,他说,"几十年前,洪秀全、杨秀清等农民起义领袖创建了太平天国,提出了'有田同耕,有衣同穿,有饭同食,有钱同使,无处不均匀,无人不饱暖'的政治主张,我们红巾军也要像太平天国一样,让穷苦的百姓'有田同耕,有衣同穿,有饭同食,有钱同使',所以取国号也该用最能体现这一宗旨的名称。依我看,把从贪官污吏、土豪劣绅那儿缴获没收的财产平均分给穷苦百姓,用我们江山话说就是'撸撸平','撸'与'罗'同音,就叫'罗平国'吧,不知刘大将军和众将帅认为如何?"

刘家福一听大喜:"这名号好听,那就叫'罗平国'吧。"

众将帅也连连称好。于是国号就这么定了。至于定都何处,大伙一致认为该定在江山,江山与祖国江山只是大小之分,可代表祖国江山。事不宜迟,应立即成立小朝廷。于是便开始设朝仪,置百官,摆酒宴庆贺。各项工作紧张而有条不紊地进行。刘家福做了皇帝,封官也特别,他借用了太平天国的官制和衣冠服饰制度。

光绪廿六年六月廿三,刘家福统领的红巾军准备建元封号。这是一项浩大的工程,比较麻烦的是制作衣冠服饰,最难的莫过于制龙袍、将军的服饰了,尤其是龙袍,制作非常讲究,但又没有现成的样式,只在古书、图画上见过,可见难度之大了。负责制作龙袍、将军服饰的是周红霞和周红菱姐妹,她们差人到江山城及各镇找来了十几位裁缝师傅和刺绣女,夜以继日地赶制。江山城里一位姓毛的老裁缝的祖上便是裁缝师傅，他的技术最好，便命他在三天内做出龙袍来。

毛老裁缝一听是给刘家福做龙袍，吓得跪地求饶："两位女将军，饶了我吧。就是杀了我，我也不可能在三天内做出龙袍来。"

周红霞赶紧去扶他，诚恳地问他："老人家，快快请起，我们不强求您，依您之见，需要几日？"

老裁缝站起来，叹了口气，说："不瞒你说，我祖上也曾被召进京城给皇上做龙袍。据祖先说，织造一件鹅黄缎细绣五彩云水全洋金龙袍，花费黄金数十万两不说，还需用绣匠六百零八工，绣洋金工二百八十五工，画匠二十六工……可你们却要我三天之内做好，如果用纸糊还成，要真做龙袍，岂不要我命吗？再说，小小江山城，到哪里找那么多刺绣工匠和画匠呢？还有到哪里取得上等的绫、绸、锦缎、纱、罗、缂丝呢？可以这么说，此事比登天还难！"

周红菱觉得老裁缝说得在理，对周红霞说："姐，我们还是回去向刘大将军禀报实情吧，看看是否可另想办法。"

周红霞点点头，然后对老裁缝说："老人家，对不起，这都怪我们不知道做件龙袍要花费如此多的财力、物力和人力，我们太无知了。请您原谅。"

老裁缝说："老夫是据实相告，绝无他意。如有得罪，还望两位女将军多多包涵。"

周红菱客气地说："老人家勿在意，我们绝无丝毫怪罪之意，告辞了。"

三十二

周红霞姐妹回来向刘家福禀报了此事，刘家福以为老裁缝有意夸大龙袍制作的难度，正要发作，却被谋士祝耀南劝下了。祝耀南说："刘大将军息怒，老裁缝说得没错。我曾从一本书上见过有关乾隆皇帝的龙袍制作的叙述，与老裁缝说的大致一样。假如真要做与清皇帝一样的龙袍，我们一无财力、物力，二无技术精湛的刺绣匠和画匠，三无时间可待。依老夫之见，不如从简而为之。只要做出象征皇恩浩荡、九五之尊的五彩祥云，福山寿海，日月星辰和九条神龙，及象征忠孝美德的一对宗彝就成了，其他不必计较。您看如何？"

刘家福转怒为喜："这么说本大将军错怪老裁缝了。太师说得极是，眼下我们没这条件，只能简而为之，只要龙袍上有太师说的图案，三天内做成，管它用啥布料，怎么拼接都成！"

周红霞欣喜道："有皇上这道圣旨，相信老裁缝有办法完成了。皇上，您体察民情，替百姓着想，真是皇恩浩荡啊。我即刻告之。"

刘大将军摆摆手笑道："还没登基，哪可称皇上。"

周红菱替姐姐说话："哎，提前几日喊皇上也没错呀，等到您登基那日，喊起皇上来就顺口多了。"

刘家福笑道："妹子的话中听，那就随你们的便吧。"

周红霞姐妹又找到了老裁缝，传达了"圣旨"。老裁缝仍不放心，还问："皇上真是这么说的？"

周红霞姐妹都点点头："是的。"

周红菱说："您放心好了，只要做出这些图案来，皇上绝对不会怪罪您的。"

老裁缝似乎心里有了底，吩咐道："两位女将军，时间紧迫，烦请你们速找四位剪纸的高手，可否？"

周红菱："老人家，龙袍可不能用纸做呀，否则……"

老裁缝马上解释道："误会了，老夫是想叫剪纸高手来剪布料，剪好后再缝制到衣服上。仅三天时间，只能这样了。"

两姐妹"哦"了一声，表示立即去找。

三十三

　　衣冠服饰的制作工场设在文昌阁内。从全县各地及周边地区搜罗来的数百名能工巧匠济济一堂，他们紧张而有条不紊地忙碌着，画的画剪的剪粘的粘缝的缝熨的熨，有条不紊，动作利落，他们全神贯注，没有说笑声，只有师傅的指导话语和工具制作声。天气闷热，人人都汗流浃背，却无人抱怨。在龙袍制作小工场，老裁缝指挥着二十多名裁缝、剪纸高手、画匠等艺人制作龙袍所需的各种图案和花纹，不时地指导艺人纠正不符合要求的做法。所有人都一丝不苟，唯恐因达不到要求而被指责。周红霞和周红菱姐妹在工场巡视，常常在龙袍制作小工场逗留、询问，以示特别关心和重视。

　　三天之后，龙袍终于做成了，虽显得比较粗糙，由一块块布料拼凑而成，但当刘家福试穿到身上时，宽袍大袖，褒衣博带，绣着九条龙的金灿灿的龙袍马上显现出帝王的尊贵气质，让刘家福"龙颜大悦"。刘家福穿着龙袍转了三圈，众臣齐声叫好，为之喝彩，祝耀南大为称赞，称可择日登基了。他当即摆出八卦，起卦占卜，口中念念有词，片刻便得一吉日："六月廿八，是黄道吉日，刘大将军便可登基做皇帝了。"

　　刘家福双掌一拍叫道："好，就定六月廿八这日登基！皇宫就定文昌阁。"

　　登基之前，必须先给皇上准备皇后人选。红巾军中年轻貌美的女子不多，祝耀南建议到民众中选取，刘家福摇着头说：

"我看中的并非外貌，而是感情。只有与我志同道合的年轻女子才可，而且我与所有帝王不同，我不需要妃子，只要一个妻子就够了。"祝耀南表示赞同，问他看中哪个，刘家福毫不犹豫地说："女子别动队队长周红霞。可否？"祝耀南点头道："甚好！与老夫不谋而合矣！"可刘家福知道周红霞性子烈，她若不愿意，也拿她没办法，便让谋士去撮合。

祝耀南当即找到周红霞，问她是否愿意做皇后。周红霞立马羞红了脸，还没等她应答，一旁的周红菱便替她答应了："好啊！我姐做皇后最合适不过了。"她兴奋地对周红霞说："姐，以后你当了皇后，咱们就是皇亲国戚了。"

周红霞喜不自胜地伸手要打周红菱，周红菱乐呵呵地赶紧跑了。

祝耀南立马回来报喜，刘家福喜出望外，大呼："红霞，吾皇后矣！"并表示登基后，即娶周红霞，将其立为皇后。

一切准备就绪。六月廿八这天，文昌阁张灯结彩，被装点得富丽堂皇，庄严肃穆。门口，卫兵严格把守，任何人不得进内，只允许红巾军的高级将领和谋士进出，显得格外神秘而神圣。红巾军兵卒和百姓们被拦在外面，他们交头接耳议论纷纷。此时的文昌阁已成了小皇宫，刘家福将在这里登基。

文昌阁内最醒目的莫过于皇帝的龙椅了，虽然是工匠们临时制作而成，但龙椅显得富丽堂皇，透出尊贵的王者气派。刘家福的"十八兄弟"、吴嘉猷、谋士等聚集在一起，等待刘家福封官进爵。登基仪式的司仪由周红霞的师父，即仙岩寺里的住持毛觉平主持。

辰时三刻，吉时已到，毛觉平宣告登基仪式开始。顷刻间，一排长唢呐齐鸣，接着奏响鼓乐，一派喧闹、喜庆又庄严的景象。鼓乐声中，头戴皇冠、身着黄色龙袍的刘家福登上了龙椅，顿时，众臣们高呼"吾皇万岁万岁万万岁"。随后，凤冠霞帔、一身珠光宝气的周红霞在妹妹周红菱和杨娟的搀扶下，登上了皇后的宝座，坐在刘家福的身旁。毛觉平宣告周红霞被册立为皇后，顷刻，众臣高呼"皇后娘娘千岁"。接着封国号为"罗平国"；分封诸王，封原中军主将吴嘉猷为"左辅正军师"东王，称九千岁；原前军主将程铁龙为"右弼又正军师"西王，称八千岁；原后军主将刘炳禄为"前导副军师"南王，称七千岁；原右军主将徐培扬为"后护又副军师"北王，称六千岁；原左军主将周老虎为翼王，称五千岁。并诏令诸王皆受东王节制，同时红巾军也参考了清朝文武百官的分封制度。刘家福还封了自己的心腹——谋士祝耀南为太师，谋士苏春灵为副太师，另封了一批将军，等等。

完成建元封号和登基之后，为庆贺这历史性时刻，罗平皇帝刘家福下了第一道圣旨：设宴三天，请戏班子唱大戏，全体红巾军将士和全城百姓可放开肚皮大吃、大喝、看大戏。

三天时间，共吃了三百头肉猪，五百头羊，三万斤酒，粮食一千多石，花去白银一百万两。可谓花天酒地，歌舞升平，一派国泰民安、欣欣向荣的美好景象。三天后，刘家福才下了第二道圣旨：攻打衢州府！

"五人团"制订了作战计划，决定兵分四路：一路，由罗平皇帝刘家福亲率五千人大军正面进攻衢州府的南大门；二路，由东王吴嘉猷率三千余人攻打衢州府东大门；三路，由西王程铁龙率军攻打衢州府西大门；四路，翼王周老虎率军攻打衢州府北大门。为预防清兵前来增援衢州府，使自己腹背受敌，命原驻守常山的北王徐培扬部队和驻守龙游的南王刘炳禄部队暂时按兵不动。当晚星夜，四路大军浩浩荡荡向衢州府开拔。

可是衢州府这边的情况红巾军一无所知，而建立"罗平国王朝"的刘家福君臣夜郎自大，不可一世，认为凭他们红巾军的实力和声势，所向披靡，一定会顺利攻克衢州府。所以谁也没有重视军事情报工作，这为后来红巾军的惨败埋下祸端。

话分两头。早在刘家福率红巾军攻破仙霞关后，江山知县的告急文书就已送至府台衙门。但衢州知府洪恩亮却不以为然，认为刘家福的红巾军是乌合之众，一帮土匪而已，不必大惊小怪。为安定民心，洪恩亮守口如瓶，并进行辟谣，让衢州城百姓继续过太平日子。

出乎知府洪恩亮意料的是，原以为是"乌合之众"的红巾军却以破竹之势，一路攻下来顺顺当当，连有一江之隔的清湖重镇也被拿下，洪恩亮这才慌了神，赶紧令衢州府总镇喻俊明向江山派援兵。喻俊明不敢怠慢，立派把总项升带兵星夜驰援江山。可尚未抵达江山，半路上就碰到了狼狈逃跑的江山县令周绪一，告知江山城已被刘家福的红巾军攻破。项升是个胆小怕死的投机分子，深知刘家福人多势众，且敢于拼命，若去与红巾军抗衡，无疑是鸡蛋碰石头，而且红巾军已在城内，拿他们毫无办法，项升只得下令部队折回衢州。随后，杨都司乔装打扮成樵夫逃出江山城，逃到了衢州府。两日后，把总项升受命领兵到廿里街阻击红巾军，却溃败而退回衢州府，常山、龙游两城相继被红巾军攻破，情况万分危急。而恰恰此时，衢州城里发生了一件惊天大事。原来刘家福的红巾军要攻打衢州城的消息传进城内，城内开始大乱，百姓欢天喜地，而土豪劣绅和贪官污吏却惶惶不可终日。城内西安县有个名为罗楠的土豪，与西安知县吴德潇有仇，早在图谋报复吴德潇，便借内乱之机，欲除掉知县吴德潇。他与西安都司周之德合谋，以吴德潇与刘家福串通谋反为借口，将吴德潇杀死，为制造混乱和假象，他们还杀死了一个英国传教士，并放火烧掉了洋教堂。这下城内秩序大乱，知府洪恩亮万分焦急，一面紧闭城门，抽调兵力加强城防和巡防，固守待援；一面告急的电报和奏折像雪片似的飞往省城杭州和北京的朝廷。

当红巾军四路大军兵临城下时，才知衢州城墙之高之厚，城墙可谓坚如磐石，固若金汤，清兵居高临下，毫不留情地还击，使红巾军近前不得。尤其都司杨怀清，为报清湖、江山两地惨败之仇，为洗刷差点被活捉之耻辱，主动请缨，誓与红巾军决一死战。南大门是衢州城最重要的门户，总镇喻俊明即命杨怀清固守南大门。骑着枣红大马的刘家福勇猛无比，他率领第一路大军向衢州城南大门发起进攻，可是攻城器械不足，普通的木梯根本无法架至墙头。而指挥清兵作战的杨怀清凶狠至极，命守军枪箭齐射，并辅之以撒石灰、投石块进行顽强抵抗。红巾军数次冲至城墙根下，均被清兵打退，不论是爬上梯子的士兵还是正在架梯子的士兵，均被清兵用石灰弄瞎眼睛或用石块砸伤砸死，红巾军难以近前，死伤无数。另三路红巾军也惨遭同样的厄运，刘家福不得不下令暂缓进攻，商讨对策。他立即召集众王和将军开诸葛亮会。因城墙实在太高且坚固，研究来研究去，也想不出什么好办法，最后大家一致的意见是用火烧或用炸药炸城门。于是迅速组建四支敢死队，各向东南西北四座大门发起进攻，他们带着煤油和干柴或炸药冲向大门，可是人还未到大门就被灭了。一组又一组敢死队员冲上去，一批批地倒下，前仆后继，直至所有敢死队员牺牲。而城墙和各大门安然无恙。气得刘家福大发雷霆，直骂喻俊明龟孙子，但一时也拿清兵没辙。

眼睁睁地看着红巾军一批批地倒下，太师祝耀南赶紧向刘家福提议，暂时停止进攻，退至安全地带，对城池实行大包围，围而不攻，将城内清兵困死。刘家福采纳了太师的建议，立即撤出部队，改进攻为包围，红巾军的伤亡这才得到有效遏制。

衢州府告急的电报和奏折像雪片似的地飞来后，朝廷得知浙江又冒出了一股力量强大的叛军，且叛军已连克数城，还建元封号，建立什么"罗平国"，与大清朝分庭抗礼，这还了得？慈禧太后和光绪皇帝大为惊恐和震怒，急令浙江巡抚刘树棠率军镇压，又命苏、闽、皖、赣四省督抚合力围剿。当五省清军压境时，刘家福却仍抱有可攻取衢州府的幻想，认为西有驻守常山的北王徐培扬的部队阻击，北有驻守龙游的南王刘炳禄的部队阻击，所以迟迟没有撤军。刘家福哪知，区区一两千手持长矛大刀的农民义军怎抵挡得住五省拥有洋枪洋炮的清朝大军？他们像扫落叶的秋风滚滚而来：从西面奔袭而来的皖赣清军，他们像切菜砍瓜似的将徐培扬驻守常山的红巾军杀了个片甲不留；而从北面来的苏浙大军也将驻守龙游的红巾军"吃"得一干二净；南面赶来的闽军长驱直入，将江山城内数百守城的红巾军杀得一个不剩。五省清军势如破竹，对刘家福率领的红巾军进行反包围，刘家福这才大呼"完了"，匆匆率部突围，但已失良机。清兵凶狠至极，大肆砍杀义军，现场血肉横飞，尸横街头，血流成河，惨不忍睹，上万红巾军被剿灭。刘家福和吴嘉猷各带一千红巾军分别从南门和西门成功突围，刘家福部退守老家枣垅村，吴嘉猷部则退至老家吴村乡。刘家福仍不善罢甘休，七月十二日，两部重整后，合二为一，向江西进军，围攻玉山县城。

当晚发起进攻，但因红巾军仓促上阵，没有攻城器械，遭到城内外清兵和民团的抵抗，而且江西总兵辛道法派先锋赵春霆带三百余人星夜赶到玉山救援。在内外夹击下，红巾军寡不敌众，只好撤兵退守八都镇，赵春霆率部扑向八都，与红巾军展开了巷战。红巾军的优势得到发挥，神出鬼没地英勇杀敌，到凌晨将赵春霆部三百余人全部杀光，打了一个大胜仗，士气得到鼓舞，准备打回江山。

然而清政府为了斩草除根，令浙江总督黎天才、江西总兵辛道法、福建建镇总兵敖天印，对红巾军余部进行彻底追剿。红巾军只好退避至八都一祠堂内，被三省清军包围，红巾军奋起还击，大多数壮烈牺牲，祠堂内堆满了红巾军官兵的尸体，鲜血汇成一片汪洋。吴嘉猷等人被捕，除刘家福、周老虎和几名弟兄冲出包围外，其余红巾军官兵全部壮烈牺牲。

吴嘉猷被押往衢州府，清军都司杨怀清对吴嘉猷进行严刑拷打，要他交代刘家福去向，并令其设计诱捕。吴嘉猷大义凛然，坚贞不屈，视死如归。杨怀清恼羞成怒，一刀砍下了吴嘉猷的人头，并将其人头挂在衢州城门示众。

其实吴嘉猷也不知刘家福的去向。刘家福从八都一祠堂突围时，左肩膀不幸中弹，身负重伤，周老虎和几名兄弟轮流背着刘家福逃往福建浦城盘亭乡山区一个叫后垄的地方，在一户穷人家中落脚疗伤。不料半月后走漏了风声，福建建宁府知府敖镇台得知刘家福的下落后，亲率两百清兵赶至后垄村，悄悄地把村庄包围起来。傍晚时分，清兵进村捉拿刘家福，此时刘家福的伤基本痊愈，他带领几个弟兄奋起还击，刘家福连连放出飞镖，一镖一个，百发百中，吓得清兵不敢近前。天黑之后，刘家福和几个弟兄进行突围，除刘家福一人逃出村，其余均被清兵杀害。

刘家福摸黑逃进深山老林，躲进了一户山棚人家。山棚里住着一对老夫妇，黑夜里突然跑进一个男子，以为是碰上了山匪，吓得直向刘家福求饶。刘家福彬彬有礼，叫老人家不要惊慌，他是被清兵追捕的红巾军士兵。老两口听说是红巾军，知道是好人，这才松了一口气，答应让他躲藏，并准备烧火做饭给刘家福吃，却被刘家福劝下了。这时，刘家福发现灶台前堆着芝麻秆，便问老妈妈："您有芝麻吗？"

老妈妈连说："有！有！"

转眼老妈妈捧出一只瓦罐，客气地说："一罐满满的，您自己取吧。"

刘家福说："不用那么多，只要一把就行了。麻烦您把灶火点燃，我要把芝麻炒一下。"

老妈妈不解："一把怎么吃？又不是没有，多放几把吧。"

刘家福神秘地笑笑："一把足够了。"

老妈妈不再多问，便忙着去灶头点火。

刘家福从罐里抓了一把芝麻放进锅里炒，将芝麻炒得滚烫时，刘家福毅然抓起锅里的芝麻猛然往自己的脸上抹去，疼得他龇牙咧嘴，嘴唇的血都被咬出来了，但他没呻吟，也没叫唤一声。老妈妈以为他饿坏了贪吃，心疼地劝他："好小伙，你太急了，这么烫你就这么吃？烫伤了吧？快去喝口水。"

刘家福疼得捂住脸说不出话来。老妈妈问他还想不想吃，多炒一点。刘家福摇摇头。老妈妈把床让出来让他睡，刘家福却走到灶头芝麻秆旁，一屁股坐下去，然后躺在芝麻秆堆上，说："我睡这儿。"

翌日晨，老两口发现刘家福的脸是一张大花脸，原来昨夜他用滚烫的芝麻烫成了满脸的红雀斑，老妈妈忙问："小伙子，你这是为啥啊？"

老头替刘家福回答："为了逃命呗！"

老妈妈眼含热泪，说："你是个勇敢的士兵，真让人佩服！"

刘家福不好意思地问两位老人："老伯伯、老妈妈，可否借你们衣服和锄头一用？"

老两口异口同声地说："可以。"

刘家福从口袋里摸出两块银圆悄悄地放在桌上，然后换上老农的衣裳，背上锄头竹篓，戴上箬笠，装扮成采药的山民，翻山越岭，沿仙霞山脉一直往南逃去。他遇到了许多把守关口的清兵，只因此时的刘家福满脸"麻子"，谁也认不得他了，刘家福都顺利过了关。刘家福最终逃往何处，却不得而知，这成了一个谜。